매일 웹소설 쓰기

2판 1쇄 발행 2024년 3월 10일

지은이 김남영
발행인 조상현
마케팅 조정빈
편집인 김주연
디자인 Design IF
펴낸곳 더디퍼런스

등록번호 제 2018-000177 호
주소 경기도 고양시 덕양구 큰골길 33-170
문의 02-712-7927
팩스 02-6974-1237
이메일 thedibooks@naver.com
홈페이지 www.thedifference.co.kr

ISBN 979-11-6125-455-5 (03800)

※ 일러두기
1. 웹소설 관련 용어들을 설명하고자 신조어, 줄임말을 사용했음을 밝힙니다.
2. 웹소설 특징상(키워드, 캐릭터 내용 중) 일부 맞춤법에 어긋난 표현이 있습니다. 널리 양해를 구합니다.

매일 웹소설 쓰기

김남영 지음

더디퍼런스

고민하지 말고
따라만 와!

어린 시절, '귀여니'의 인터넷 소설이 어마어마한 인기를 끌었다. 친구의 추천으로 처음 접한 그 소설은 기존에 알던 글과는 상당히 다른 형식이었다. 묘사가 거의 없고, 거의 문장 끝마다 마침표처럼 들어간 이모티콘 덕분에 책 읽기 싫어하던 내가 하루 만에 한 권을 뚝딱 읽었다. 맨 처음 읽은 건 《늑대의 유혹》이었는데 그 감동이 충격적이었고, 이후로 몇 권 더 읽자 그런 생각이 들었다.

"에게? 이건 나도 쓰겠다!"
아마도 웹소설을 읽고 사람들이 가장 많이 하는 말일 것이다.

나도 그 마음으로 처음 소설을 쓰기 시작했다. 만만해 보여서 쓰기 시작한 소설을 반 친구들이 돌려 보기 시작했고, 다음 편을 재촉당하자 희열을 느꼈다. 누군가 내 이야기를 좋아하다니! 어린 나이에 어디에서도 느껴 본 적 없는 보람이었다.

웹소설의 특징 중 한 가지는 바로 '독자의 즉각 반응'이다. 그래서 트렌드에 민감하고 의사소통도 중요하다. 또한 '자격 요건 없는 쉬운 입문' 덕에 그대로 묻힐 가능성 역시 높다. 인기 있는 웹소설 작가가 되는 것도 쉽지 않다. 스마트폰의 대중화로 많은 사람이 웹소설을 찾기 시작했고, 예전보다 시장이 커졌기에 소위 "돈이 된다."라는 말도 들었을 것이다. 그러나 그만큼 작가도 대폭 늘었음을 염두하길! 웹소설은 입문은 쉬우나 결코 쉬운 길이 아니다.

필자도 12년 동안 웹소설을 썼으나, 잠시 쉬던 몇 년 사이 빠르게 바뀐 시스템 때문에 적응하기 힘들었다. 모르는 용어가 많았고, 연재처마다 특징이 달랐으며 트렌드도 달랐다. 심지어 장르를 잘못 알고 연재해서(막말로 번지수를 잘못 찾아간) 말도 안 되는 큰 실수도 했다. 기존 소설을 모두 엎고 다시 웹소설을 시작하기까지 많은 노력이 필요했다. 웹소설 세계의 윤곽을 잡는 데만 한 달이 걸렸다. 웹소설을 오래 썼지만, 몇 년 사이에 나는 또다시 신인이었다.

나는 웹소설 선배로서 겪은 우여곡절을 책에 상세히 담고자 하였다. 이 책은 '웹소설 정보집'이 아니다. 나처럼 "그냥 무턱 대고 쓰기만 하면 되나?" 하는 웹소설 작가 지망생들에게 길잡이가 되어 줄 것이다. 단순하지만 그 어떤 곳보다 복잡한 세계인 웹소설! '웹소설'이라는 낯선 산을 오르려는데 뒤에서 등을 떠밀며 도와줄 사람이 필요하다면 이 책을 읽으면 된다. 이 책이 당신의 고단한 여정을 함께하는 동반자가 되길 바라며 머리말을 마친다.

이 책은
어떤 사람에게
필요한가?

이런 사람! 1

머릿속에 스토리는
있는데 쓰질 못하겠어요!

이런 사람! 2

웹소설을 쓰고 싶은데
뭐부터 시작해야 할지
모르겠어요!

이런 사람! 3

웹소설 시작은 했는데,
완결이 너무 힘들어요!

이런 사람! 4

글이 안 써져요.
재능이 없는 걸까요?

이 책은
어떻게
사용하는가?

point 1

이런 목차는 본 적 없을 걸?

고민하지 말고 그냥 따라가기만 해!

웹소설 용어와 장르를 먼저 파악하고,
키워드나 로그라인을 써 보며 웹소설 틀 잡기!
아무것도 모르는 초보 작가가 보기에 이보다 더
좋을 순 없다!

point 2

웹소설 맞춤 예시!

설명만 있음 섭하지! 친절한 예시를 읽어 봐!

분량, 캐릭터, 인물관계도 등등
웹소설 형식 예시로 이해가 쏙쏙!
딱 떨어지는 웹소설 맞춤 예시로 초보 작가도
쉽게 이해할 수 있다!

파트마다 들어 있는
웹소설 선배의 꿀팁!

가르치는 게 아니라 공유하는 거야!

웹소설에서 가장 중요한 게 무엇인지,
투고와 컨택 중 선택한다면, 글럼프 등등
웹소설 작가로서 저자가 겪은 현실적인
경험담을 속속들이 들려준다!

매일 웹소설 쓰기 가이드!

실천하지 않으면 이번에도 실패하는 거야!

한 단원이 끝날 때마다 차근차근 써 보자!
'매일 웹소설 쓰기' 활동만 따라 하다 보면
웹소설 한 편 완성!

프롤로그   고민하지 말고 따라만 왜!

읽는 눈을 기르자!

어라, 뭐부터 쓰지?

Part 3 실전, 웹소설 쓰기!

Part 4 내가 살아남을 수 있을까?

에필로그

PART
1

읽는 눈을
기르자!

GOOOOD

좋은것을
아는 눈!

웹소설을 '제대로' 읽어라

한번 제대로 먹어 볼까? ㅎㅎ

시장 조사, 내 소설 성향 찾기

"나도 써 볼까?"라는 생각은 뜬금없이 찾아오지 않는다. 나도 그랬고, 대부분의 사람들은 웹소설을 좋아해서 읽다 보면 "쓰고 싶다."는 생각을 한다. 보통 이상으로 웹소설을 읽는 사람이라면 절로 시장 조사가 된다. 그러나 몇 권 읽은 후 소설을 쓰고 싶은 생각이 들었다면 '내가 좋아하는 소설'을 더 읽어라. 처음부터 '웹소설을 분석하겠다!'는 마음으로 읽으면 그 순간 일이 되기 때문에 힘들어진다. 그보다는 내가 재밌어하는 소설 장르를 깊숙이 찾아보자.

예를 들어 내가 로맨스 장르를 좋아한다면 오피스 로맨스가 재밌는지, 캠퍼스 로맨스가 재밌는지, 친구에서 연인이 되는 과정을 그린 소설을 좋아하는지, 상사와의 비밀스런 연애가 보고 싶은지 '내가 좋아하는 클리셰'를 파악하는 것이다. 여기서 말하는 클리셰란, '신데렐라 스토리' 같은 독자들이 좋아하는 전형적인 뼈대를 말한다. 만일 내가 어떤 장르에 어떤 클리셰를 갖춘 로맨스를 좋아하는지 안다면, 그 부분만큼은 쉽게 전문가가 될 수 있다.

좋아하는 장르와 클리셰를 찾았으면, 그 외 장르 소설도 2~3권씩 읽어 보자. 판타지, 무협, 대체역사 등 웹소설의 장르는 생각보다 꽤 많다. 정 취향이 아니라 못 읽겠다면 앞 부분만 조금 읽어도 좋다. 많은 선택지를 두고 나만의 장르를 정하는 것과 하나의 장르만 알고 내가 쓸 소설 장르를 선택하는 건 엄연히 다르다. 생소한 장르를 접했을 때, 예상치 못한 곳에서 재미를 느낄 수도 있고, 내 취향을 확고히 알 수 있을 뿐더러 '내가 무엇을 가장 잘할 수 있는지' 뜻밖의 재능을 발견할 수도 있다. 요즘엔 로맨스 소설 속에 판타지 성향의 소재를 사용한 로맨스 판타지, 판타지 배경에 브로맨스 이상의 애정을 다룬 BL(Boy Love)이 혼합되는 등 장르의 혼용도 심심치 않게 볼 수 있기 때문에 다양한 장르를 접해 보는 것이 좋다.

웹소설 시장은 입문이 쉬운 만큼 경쟁자도 많다. "이거 하다가 다른 장르도 해 보지 뭐!"라는 생각은 시간 낭비이기 때문에 확고하게 방향을 정하고 시작하길 권한다. 물론 쓰다 보면 문체에 맞는 장르가 보이기도 한다. 내 취향은 로맨스 판타지인데, BL 분위기를 더 잘 쓸 수 있으면 그건 추후 고민할 문제다. 그만큼 시작하기 전에 쓸 수 있는 장르를 선정하는 것부터 신중해야 한다는 뜻이다. 웹소설을 시작하기 전, 아래 질문을 하며 내가 무엇을 좋아하는지 '제대로' 파악하자.

내가 가장 재밌게 즐기는 장르는 무엇인가?

어떤 전개를 좋아하는가?

다른 장르는 정말 내 취향이 아닌가?

 김작가의 Point!

❶ 웹소설을 시작하기 전 자신이 좋아하는 장르와 클리셰를 찾는다.

❷ 관련 웹소설과 장르 소설을 2~3편 읽는다.

나는 스릴러
로맨스가 좋다옹!

02

세부 장르를 읽어라

음..
좀 헷갈리는데?

내가 아는 장르가 맞나?

본격적으로 시작하기 전에 웹소설의 세부 장르를 알아야 한다. 일반적으로 쓰는 장르와 웹소설에서의 장르는 정의가 다르기 때문이다.

웹소설 장르는 크게 로맨스 판타지, 로맨스, 판타지, BL, 무협, (대체) 역사&전쟁, 미스터리, 라이트 노벨로 나뉜다. 보통 여자들이 선호하는 로맨스 판타지, 로맨스, BL은 '여성향 소설'로 불리고 남자들이 선호하는 판타지, 무협, 역사&전쟁, 미스터리 장르는 '남성향 소설'로 불린다. 헷갈린다면 여성향 소설은 여자가 주인공, 남성향 소설은 남자가 주인공이라고 생각하면 쉽다.

여기서 가장 헷갈리는 장르, '로맨스 판타지'를 먼저 짚어 보겠다. 필자가 웹소설을 다시 시작하려고 했을 때 '번지수를 잘못 찾아간 실수'가 바로 장르 실수였다. 그 작품은 현대 배경에 저승사자와의 로맨스를 다룬 내용이었는데, 판타지 요소가 들어갔기 때문에 당연히 '로맨스 판타지' 게시판에 연재했다. 저조한 성적으로 연재 한 달이 지났다. 이후 충격적인 사실을 알게 됐는데 웹소설에서 '로맨스 판타지'는 대부분 중세시대를 배경으로 한 서양 로맨스라는 것이다! 로맨스 판타지가 무조건 서양 로맨스라는 뜻은 아니다. 이 장르의 탄생은 좀 더 많은 사연이 있지만, 현재 일반적으로 쓰이는 뜻만 가지고 얘기하겠다. 필자가 썼던 건 현대 배경에 판타지 요소를 가미한 것이기 때문에 로맨스 판타지가 아니라, 일반 로맨스 하위 장르로 들어가야 했다. 하위 개념이 이토록 일반적인 장르와 다른 이유는 아직까지 메인 장르가 없기 때문인데, 메인 장르가 없다는 건 수요와 공급이 없다는 걸 뜻한다. 현재 GL(Girls Love) 장르가 BL(Boys Love) 카테고리에서 함께 판매되는 것처럼 말이다.(이 또한 수요와 공급의 부족 때문이다.)

동양 판타지는 로맨스 판타지의 하위 개념이나, 로판(로맨스 판타지)으로 불리지 않고 동판(동양 판타지)이라고 부른다. 이때 동양 판타지란, 순수 창작 세계관이거나 중국식 세계관일 경우에만 일컫는다. 순수 창작 세계관이란 단어도 생소할 것이다. 단순하게 해석해서 자신이 창작한 동양 세계관을 말하는데, 예를 들면 이렇다. 옷은 동양적인 옷을 입고, 나라는 동양과 서양의 대립이 아닌 진국과 양국의 대립 구도 등 역사와 전혀 무관하게 동양 세계를 만드는 것이다. 즉 직접 만든 하나의 나라와 역사 등을 배경으로 한 소설을 '순수 창작 세계관'이라 한다. 그렇다면 조선 시대를 배경으로 하되 그곳에 판타지 요소가 들어간다면? 그건 로맨스의 하위 분류인 역사 로맨스나 사극 로맨스로 구분한다. 복잡한가? 위 설명을 아래에 간단하게 정리했으니 참고한다.

 김작가의 Point!

❶ 여성향 장르

대분류 : 로맨스, 로맨스 판타지, BL/GL

로맨스 : 일반 로맨스, 현대 로맨스, 19금 로맨스, 사극 판타지, 역사 로맨스

로맨스 판타지 : 중세 판타지, 동양 판타지, 19금 로맨스

> **로판(로맨스 판타지)** > 동판(동양 판타지) – 순수 창작 세계관, 중국식 세계관
>
> **로맨스** > 현대 배경 판타지 로맨스, 사극 판타지 로맨스, 역사 로맨스 등

❷ 남성향 장르

대분류 : 현대 판타지, 퓨전 판타지, 무협, 판타지, 미스터리, 대체역사, 라이트 노벨

현대 판타지 : 게임 판타지, 헌터물, 재벌물, 전문직물, 스포츠물, 연예계물, 요리물 등

무협 : 전통 무협, 퓨전 무협 등

판타지 : 전통 판타지, 퓨전 판타지 등

03

용어를 읽어라

용어부터
뿌시고 간다!

헷갈리는 웹소설 용어들

굉장히 간단하지만 웹소설을 시작하는 사람들에겐 낯선 용어이고, 이 책에서 앞으로 계속 쓸 단어이기에 개념을 잘 이해해 두자.

'플랫폼'은 웹소설을 연재할 수 있는 사이트를 말한다. 예를 들어 네이버 웹소설, 북팔, 조아라, 문피아, 리디북스, yes24, 알라딘, 미스터블루 등을 우리는 플랫폼이라고 부른다. 인터넷 포털 사이트나 책을 판매하는 사이트 모두 포함된다. 무료 연재를 원한다면, 플랫폼에서 자신의 웹소설과 맞는 장르 게시판을 찾아서 자유롭게 연재하면 된다. 이때 플랫폼마다 주요 장르가 있으니 이를 판단해서 플랫폼을 선택해야 한다. 웹소설 시장은 언제 어떻게 변할지 모르기 때문에 시간이 흐르면서 각 플랫폼에 주요 장르가 달라질 수 있다는 점만 주의하자. 하루하루 빠르게 변하기 때문에 항상 흐름을 놓치지 않고 긴장해야 하는 게 바로 웹소설 시장이다.

출판사는 각자 '레이블'을 갖고 있다. 레이블이란 출판사마다 갖고 있는 '장르 브랜드'라고 생각하면 쉽다. 예를 들어 스토리텐텐이라는 출판사가 있다고 가정하자. 모든 책이 '스토리텐텐'이라는 출판사 명으로 출간되지 않는다. 로맨스는 '하트뿅뿅'이란 이름으로, 로맨스 판타지는 '네모네모'란 이름으로, 판타지/무협은 '세모세모', BL 레이블은 '동글동글'이라는 이름으로 출간할 수 있다.

웹소설 소개글을 보다 보면 '#'이 붙은 단어들이 있을 것이다. 그걸 키워드라고 부른다. 키워드는 크게 배경, 분위기, 여주, 남주 이렇게 네 개로 나눌 수 있다. 줄거리를 좀 더 상세히 예측할 수 있게 한 장치라고 생각하면 쉽다. 이 키워드는 독자가 자신의 취향에 맞는 소설을 더욱 쉽게 찾기 위해서이다. 아래 예시를 통해 느낌을 파악하고, Part2에서 키워드에 대해 좀 더 자세히 다루도록 하겠다.

남주(남자주인공)의 성격 ➡ '#능력남 #재벌남 #연하남 #대형견남
#다정남 #무뚝남' 등
여주(여자주인공)의 성격 ➡ '#능력녀 #상처녀 #연상녀 #애교녀
#엉뚱녀' 등
주요 줄거리 예측 ➡ '#회귀물 #빙의물 #선결혼후연애 #동거' 등

웹소설 작가가 되었다면 투고하거나 연재할 때 작품 소개 부분에 키워드를 반드시 넣자. 몇몇 출판사에선 아예 키워드를 시놉시스에 포

함하라고 요청하는데, 언급이 따로 없더라도 넣는 게 좋다. 연재 시 작품 소개도 마찬가지이다. 작품 소개 글은 몇 줄로 간단하게 쓰고 그 아래 키워드를 몇 개 적어 두면 독자 유입률이 올라가기 쉽다. 사람마다 좋아하는 책 분야가 다르듯 웹소설 역시 각자의 취향에 따라 선택하기 때문에 원하는 키워드만 검색해서 골라 보는 독자들이 대다수이다.

키워드를 쓸 땐 몇 단어만 보고도 줄거리가 파악되게끔 해야 한다. 어떤 키워드를 써야 할지 모르겠다면 주요 플랫폼에 있는 키워드를 참고하면 좋다. 예를 들어 [잘 나가는 드라마 메인 작가와 연하남 보조 작가가 어쩌다 동거하는 이야기]라고 해 보자. 그럼 키워드는 '#능력녀 #까칠녀 #연하남 #대형견남 #동거' 5개만으로 줄거리와 남녀 관계, 줄거리를 설명하는 셈이다.
주의할 점은 키워드는 '내 소설에 맞게' 설정해야 한다는 것! 독자들은 키워드를 보고 선택하는 경우가 많기 때문에 단지 이슈화하기 위해 키워드를 쓴다면 악플을 피할 수 없을 것이다.

마지막으로 간단한 줄임말 정도는 알아 두자. 요즘 줄임말 신조어가 우후죽순 생기는 것처럼 웹시장도 그렇다. 다양한 줄임말 중에 주로 쓰이는 것으로 여주(여자 주인공), 남주(남자 주인공), 로판(로맨스 판타지), 동판(동양 판타지), 벨(BL), 시놉(시놉시스) 등이 있다.

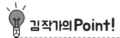

김작가의 Point!

❶ 웹소설 용어

플랫폼(연재처) : 웹소설을 연재할 수 있는 공간으로 각 사이트를 말함

🔖 네이버 웹소설, 북팔, 조아라, 문피아, 리디북스, yes24, 알라딘, 미스터블루 등

레이블 : 출판사 장르 브랜드

캘린더 : 플랫폼에서 매달 말 공개하는 다음 달 출간 일정표

연참 : 연재 시 하루에 두 편을 연달아 올리는 행위

❷ 줄임말

공포 : 공백 포함, 즉 스페이스 바 포함 글자수

공미포 : 공백 미포함, 스페이스 바 제외 글자수

남주 : 남자 주인공

여주 : 여자 주인공

로판 : 로맨스 판타지

동판 : 동양 판타지

벨 : BL(Boy love)

지엘 : GL(Girl love)

시놉 : 시놉시스(Synopsis)

04

트렌드를 읽어라

트렌드 분석 질문 5개

앞으로 계속 강조하겠지만, 웹소설을 쓰고 싶다면 웹소설을 읽어야한다. 유명 플랫폼에서 인기 있는 소설 몇 개를 골라 읽어 보자. 플랫폼마다 선호하는 장르나 주 독자층 연령대가 정해져 있기 때문에 이를 감안하여 여러 플랫폼에서 인기작을 읽어 보자. 자신의 취향을 파악할 때까진 단순히 재미로 글을 읽었다면, 그다음은 간단한 질문을 던지며 웹소설을 읽는다. 아래 웹소설을 읽은 후, 제시된 질문에 맞춰 트렌드를 분석해 보자.

"여기서 잠깐만 기다려."

집 앞에 거의 다 와서 초콜릿이 먹고 싶다는 민주의 말에 도윤은 굳이 차를 돌려 도로 나왔다. '결혼기념일'의 마지막을 달콤하게 장식하자는 게 도윤의 설득이었다. 민주는 지나가는 말로 의미 없이 한 말이었는데 도윤이 이렇게까지 진지하게 받아들일 줄 몰랐다. 민주는 편의점을 지나친 거면 그냥 돌아가자고 했지만, 도윤은 아랑곳하지 않았다.

"그럼 같이 가."

꿋꿋하게 내려 편의점으로 들어가는 도윤을 민주도 따라 내렸다. 도윤이 씨익 웃으며 팔짱을 끼라는 듯 왼팔을 내밀었고, 민주가 배시시 웃으며 도윤에게 찰싹 붙었다.

어디에선 유명한 재벌 부부지만, 그들은 사소한 행복을 만끽할 줄 아는 건실한 부부였다. 두 사람에게 행복은 서로가 곁에 있는 한 오랜 시간 머무를 예정이었다.

…그 불행만 아니었다면.

두 사람은 초콜릿이 잔뜩 든 봉지를 손에 쥐고 단출하게 편의점을 나왔다. 다정하게 걸어 나오는 두 사람 앞에 쌍라이트가 소리를 내며 켜졌다. 민주와 도윤은 갑작스러운 환한 빛에 이맛살을 찌푸렸다. 민주는 소매로 완전히 두 눈을 가렸고, 도윤은 게슴츠레 뜬 눈으로 쌍라이트가 켜진 쪽을 바라봤다. 어둠이 내려앉은 고요한 새벽, 빛이 쏟아지는 쪽에선 낡은 트럭의 거친 시동 소리가 들려왔다. 몇 초간 트럭은 망설이듯 움직이지 않고 있었다.

그렇게 잠시 빛에 익숙해졌을 때쯤. 도윤이 무슨 일인가 싶어 소리가 나는 쪽을 유심히 바라보던 그 순간이었다. 부앙, 엔진소리와 함께 빛이 덮치듯 달려들었다.

"민주야!!!"

도윤은 반사적으로 민주를 있는 힘껏 밀었다. 민주가 도윤의 힘으로 맥없이 날아갔고, 떨어지는 순간 아스팔트 바닥에 머리를 부딪쳤다. 다시 앞을 봤을 때 트럭은 이미 도윤의 눈앞에 와 있었다.

쾅앙-! 쾅!

민주가 바닥에 내쳐지는 순간, 찢어지는 굉음과 함께 날아가는 도윤을 어렴풋이 보았다. 그리고 다시 눈을 떴을 때, 저 멀리 피투성이가 된 채 민주의 상태를 확인하는 도윤의 눈동자를 보았다. 그녀와 시선이 허공에서 얽히자, 안도하고 미소 짓는 그의 애달픈 표정까지 선명하게 눈에 들어왔다. 그를 떠나보내는 끔찍한 광경이 야속하게도 민주의 눈동자에 적나라하게 비쳤다.

그게 마지막이었다. 차가운 아스팔트 위에 누워, 서로를 바라보던 그 모습을 마지막으로 두 사람은 정신을 잃었다.

* * *

띡. 띡. 띠익. 심전도 기계의 간헐적인 기계음, 가습기의 적막한 소리가 병실 안을 낮게 울렸다. 완전히 열린 커튼 사이로 햇볕이 큼직하게 내리쬐고 간간히 새가 지저귀는 소리가 병실 안쪽까지 들렸다.

그러는 사이 침대 위 붕대 감은 발이 꿈틀거렸다. 살짝 움직인 민주의 허벅지가 침대 위에 놓여 있던 리모컨 전원 버튼을 눌렀다. 돌연 TV가 켜지자, 기다렸다는 듯 아나운서의 커다란 목소리가 고요했던 병실을 가득 메웠다.

[어젯밤, 교통사고로 혼수상태에 빠져 있던 차도윤 이사가 오늘 오전 8시 39분 사망했다는 안타까운 소식이 전해졌습니다. 사고 순간, 아내를 구했다는 사실이 블랙박스를 통해 전해지면서…]

그때 신경질적으로 문이 열리고, 거친 발걸음으로 누군가 병실을 들어왔다. 도진이었다.

[현재 병원에 입원 중인 부인 이 씨는 아직 혼수상태며 사고 당시 혈중알코올농도 0.15%의 만취 상태였던 트럭 운전자 박 씨는….]

띡. 도진은 민주의 허벅지 아래 깔린 리모컨을 거칠게 빼내 TV를 껐다. 아나운서의 목소리가 멎자 병실은 다시 무거운 적막이 눌러앉았다. 좀 전보다 더 깊숙한 침묵 사이로 도진의 농도 짙은 한숨 소리가 들려왔다.

"하…. 천하태평이네. 내가 왜 이 여자 때문에…!"

"차도진 이사님, 거기 계시면…."

"나가."

행여 폭발 직전인 도진이 무슨 일이라도 벌일까 싶어 수행 비서가 도진의 뒤를 따라왔지만, 그의 한 마디에 그는 도로 나갈 수밖에 없었다.

"으, 으음…."

그때 민주가 기적적으로 움직였다. 민주의 움직임에 도진이 마음의 준비를 하는 듯 창틀에 기대어 섰다.

민주는 처음엔 가늘게, 그다음엔 점점 크게, 천천히 눈을 떴다. 세상에 막 태어난 아기처럼 눈 사이에 잔뜩 끼어 있는 눈곱을 떼어 내지도 못하고 눈을 뜨려고 하니 힘겨워 보였다. 도진은 민주가 천천히 정신을 차릴 때까지 그녀를 숨죽여 지켜봤다.

민주는 처음엔 밋밋한 회색 천장만 응시했다. 눈을 두어 번 끔뻑인 다음에야 눈동자를 아래로 굴렸다. 도진의 인기척을 눈치 채지 못한 민주는 먼저 제 발아래에 있는 병실의 물건들을 찬찬히 훑었다. 가습기, 그다음엔 심전도 기계, 붕대를 감고 있는 제 발…. 그러다 조금 정신이 들자, 자신이 병실에 누워 있는 이유를 떠올렸다. 민주의 몸이 발버둥 치듯 움찔거렸다.

"오빠, 도윤 오빠…!!"

민주는 한동안 말 못한 사실을 망각한 채 찢어지는 목소리로 애타게 도윤을 찾았다.

남편인 도윤과 함께 집에 돌아가는 길이었다. 정면으로 다가오는 쌍라이트에 눈을 꼭 감았고, 그 뒤로 도윤이 밀었는데, 바닥에 머리를 박고 정신을 잃었다.

그리고… 또 뭘 봤더라?

열심히 머리를 굴리고 있는 민주의 시야에 드디어 봐선 안 될 그의 모습이 들어왔다. 눈에 살기를 가득 품고 저를 쳐다보고 있는 그. 둘째 도련님인 차도진이었다. 도진은 당장 민주를 어떻게 할 것만 같은 눈빛으로 그녀를 저 멀리서 노려보고 있었다. 창틀에 팔짱을 끼고 기대 있던 도진은 이내 그녀에게 위협적으로 다가왔다.

"도, 도련님…?"

도진은 누워 있는 민주를 위에서 짓누르듯 내려다보고 있었다.

"오빠는요? 도윤 오빤 어떻게 됐어요?!"

도진의 표정이 더욱 살벌하게 변했다. 민주는 좀 더 두려워졌다.

"… 살았죠? 살아 있죠???"

"감히… 잘도 찾네요, 우리 형을."

"네…?"

도진은 환자의 몰골로 침대 위에 누워 있는 그녀를 보고도 일말의 동정심은 갖지 않는 얼굴이었다. 오히려 괘씸하단 표정이었다. 네가 감히, 왜 살아 있냐는 듯한.

"아니죠…? 설마, 아닐 거야… 오빠가… 아니죠?"

하필 민주는 어제, 도윤에게 쓸데없는 '만약'을 물었었다.

-오빠 이거 어떻게 생각해? 만약에….

-잠깐, 거기까지.

-아 왜!

-난 너 두고 안 죽어. 널 두고 내가 어딜 가. 눈 못 감지.

민주는 어제의 도윤 얼굴이 생생히 떠오르자 눈물이 차올랐다. 아직 제대로 된 결과를 들은 것도 아닌데 벌써 목부터 멨다. 성대가 조여들고 입이 바싹 말랐다. 도진의 표정을 보니, 대답을 듣지 않아도 알 것 같았다.

바로 어제, 그렇게 웃으면서 떠들었는데… 말이 안 되는 이야기였다. 어젠 민주와 도윤의 결혼기념일이었다. 처음으로 맞이하는 결혼기념일에 수목원을 걷고, 드라이브를 즐기고, 오붓한 저녁을 먹으며 평화로운 하루를 보냈다. 돌아오는 길엔 '형사취수제'법 따위 말이 안 되는 소리라며 농담도 주고받았었다.

　　그런데… 도윤이 죽었다. '형사취수제(兄死娶嫂制)'법이 현존하는 이 세상에, 아내였던 민주만 두고.

　　"형수는 좋겠어요."

　　"네?"

　　민주는 그때 알았다.

　　"나도 정신 잃고 잠이라도 자면 좋겠는데."

　　곁을 평생 지켜 줄 것만 같던,

　　눈부시게 아름답던 그는 사라지고,

　　"도저히 잠이 안 오더라고, 난."

　　그와 아주 닮은 얼굴이,

　　"남은 한평생을 형수랑 살아야 한다고 생각하니까."

　　그러나 전혀 다른 얼굴이,

　　"끔찍해서."

　　그녀와 함께하리란 사실을.　　　　　　　-낙혼(落婚): 형의 여자 中-

웹소설 분석 질문

1. 1화를 어떻게 시작하는가? 1화에서 임팩트 있는 장면은?

부부가 사고를 당해, 형사취수제(兄死娶嫂制) 제도에 따라
여주가 둘째 도련님과 혼인할 처지에 놓인다.

2. 다음 화가 궁금한가? 왜 궁금한가?

법에 의한 어쩔 수 없는 불행을 주인공이 어떻게 대처하며,
어떤 로맨스가 이어질지 궁금하다.

3. 주인공의 성격은 어떠한가?

민주: 어리버리하다, 상황 파악을 못하고 있다

도진: 까칠하고 냉혹하다, 공격적이다

4. 이 소설의 키워드는 무엇인가?
(남주, 여주, 분위기, 줄거리 키워드 모두)

#까칠남 #도도남 #재벌남 #상처녀

#순진녀 #정략결혼 #신파 #동거

5. 줄거리를 한 줄로 요약하면?

여주가 갑작스런 남편의 죽음으로
'형사취수제(兄死娶嫂制)' 법에 따라
도련님과 결혼하게 되는 이야기

인기 있는 작품들의 첫 화를 분석해 보면 5개 질문에 명확한 답이 바로 나온다. 반면 인기 없는 작품들은 애매한 답이 나온다. 1화에 임팩트 있는 장면이 없고, 주인공 성격을 콕 집어 말하기 모호하다. 한 줄로 줄거리 요약이 어렵거나 키워드도 뭘 넣어야 할지 혼란스럽다. 한 마디로 인기 없는 소설은 모든 게 '애매한 소설'이다. 만일 소설을 쓰다가 주인공의 말투가 상황마다 달라지거나 주어진 상황에서 주인공의 다음 행동이 떠오르지 않는다면 그 캐릭터에 대해 다시 생각해 봐야 한다. 확실한 캐릭터는 어떤 상황에서도 스스로 움직인다.

트렌드 분석은 이처럼 5개 질문으로 하되 간결하고 빠르게 하자. 웹소설 시장이 얼마나 빠른지 예를 들면, 한 플랫폼에서 '회귀 로맨스'가 순위권에 몇 개 올라왔다. 그러면 다음 날 아침, 그 키워드를 가진 소설의 1화가 10개 이상 올라온다. 트렌드에 민감한 웹시장인 만큼 웹소설을 쓰고 싶다면 분석을 게을리해서는 안 된다. 간혹 분석 없이 "내가 하고 싶은 이야기를 할 거야!" 하는 신인 작가들이 있는데, '분석 없는 내 이야기'는 독자에게 전혀 통하지 않는다. 이곳은 하나의 문학 작품이 필요한 게 아니라 독자가 쉽고 재밌게 읽을 수 있는 상업적인 소설을 원한다. 내가 쓰고 싶은 글과 독자가 원하는 글 사이에서 고민하고 있다면 웹소설은 철저히 상업 시장이라는 걸 다시 한 번 명심하자.

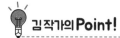 김작가의 Point!

❶ 유명 플랫폼에서 인기 있는 소설을 2~3편 읽어 본다.

❷ 웹소설을 읽으며 5개 질문을 통해 트렌드를 분석한다.

① 1화를 어떻게 시작하는가? 1화에서 임팩트 있는 장면은?

② 다음 화가 궁금한가? 왜 궁금한가?

③ 주인공의 성격은 어떠한가?

④ 이 소설의 키워드는 무엇인가? (남주, 여주, 분위기, 줄거리)

⑤ 줄거리를 한 줄로 요약하면?

05

관람 등급을 읽어라

잇힝~

우웅~

어디까지 허용 가능해?

웹소설에도 영화처럼 관람 등급이 존재한다. 그 기준이 모호하다고 느끼겠지만, 나름대로 관람 등급에 따른 장면 제한이 있다. 관람 등급은 크게 전체 이용가, 15세 이용가, 19세 이용가로 나뉘는데 이 등급은 방송통신심의위원회에서 공시하는 인터넷 내용 등급을 기준으로 여러 플랫폼의 제한을 취합한 내용이다.

전체 이용가 : 노출 불가, 성행위 없음, 격투신 가능, 비속어 없음, 술 담배 및 범죄 불법, 공포, 반사회성 내용 없음.

15세 이용가 : 부분 노출 가능(선정성은 있으나 구체적이지 않은 경우), 착의 상태의 성적 접촉 가능(성관계 전후 장면까지 간접 묘사 가능), 상하체(생식기) 관련 표현 및 애무 표현 일부 가능(ex. 여성, 남성, 샘, 숲 등), 살해(폭력 주제로 선혈, 신체 훼손이 비사실적인 것만), 비속어 가능, 암시적인 표현으로 경미한 수준의 반사회성&범죄 및 불법성 가능, 공포 경미한 수준 가능

19세 이용가 : 부분 노출 가능, 노골적이지 않은 성행위 가능(이때 성관계 내용이 전체 분량의 5%가 넘으면 19세 미만 열람 제한 필수), 남녀의

애무나 생식기, 성관계 적시한 표현 가능, 잔인한 살해(폭력 주제로 선혈, 신체 훼손이 사실적), 노골적이고 외설적인 비속어, 술&담배 행위 묘사와 표현, 사기&도박&절도&마약 등 범죄 및 불법성 묘사와 표현 가능, 공포 요소가 지나치게 구체적이고 노골적인 것 가능

보통 연령대별로 어디까지 수용 가능한지 헷갈려 하는 작가 지망생이 많은데 이 기준을 참고하면 된다. 여기서 한 가지 더 주의할 점은 19세 이용가라고 해서 모든 플랫폼에서 모든 소재를 전부 통과하는 것은 아니다. 다음과 같은 내용은 일부 플랫폼에서 서비스 자체를 제공하지 않는다.(이는 플랫폼마다 차이가 있으니 주의하자.)

선정성 : 노골적이고 외설적인 성행위 또는 성적인 내용만 주로 다루는 경우, 공공장소나 비상식적 집단 성행위, 아청법에 위반되는 경우

사회적 이슈 : 특정 종교, 종파 비방 및 왜곡, 종교인의 성행위, 근친 행위, 생명 윤리에 어긋나는 행위(동물이나 인체 실험 등), 특정 성별 비방, 자살 미화 및 충동 조장

폭력성 : 감금, 집단 구타

범법 행위 : 약물 직접 투여, 도박 등 사행성 조장, 성매매 및 성폭력, 성추행, 인신매매, 도촬 및 성인 비디오

 김작가의 Point!
----
❶ 내가 쓰고 싶은 연령대에 규제를 꼼꼼히 읽는다.
❷ 일부 플랫폼에서 제공하지 않는 소재는 피한다.

06

프로모션을 읽어라

프로모션을 잘
이용하는 것도 능력!

프로모션 1차와 2차

종이책도 그렇지만, 웹소설은 e-book 형태이기 때문에 더욱 더 '어디에, 얼마나 노출 되냐'에 따라 판매량 차이가 크다. 한 마디로 안 팔릴 책도 팔리게 하는 게 프로모션이다. 웹소설에서 프로모션은 '어떤 플랫폼에 어떤 이벤트를 받으며 출간할 것인가?'를 말한다. 보통 출판사와 계약할 때 프로모션을 구두로 약속하고 계약한다. 물론 플랫폼 상황에 따라 바뀔 수 있지만, 기본적인 플랫폼 프로모션은 특별한 이슈가 있지 않는 이상 거의 변동이 없다.

프로모션은 1차와 2차로 나눈다. 어떤 경우엔 3차까지 가는 경우도 있지만, 대부분은 출판사와 2차까지 이야기한다. 1, 2차 순서가 나뉘지는 기준은 '어떤 플랫폼에 가장 먼저 선독점할 것인가?'이다. 예를 들어, 1차가 yes24, 2차가 알라딘이라고 가정하자. 1차 때 선독점으로 yes24 플랫폼에서만 파는 것이다. 일정 기간을 두고 yes24에서만 단독으로 판매하는 대신 우리는 yes24에서 이벤트를 받는다. 이때 받는 이벤트는 작가의 경력과 인기, 전작 성적에 따라 달라지기도 해서 같은 출판사이거나 같은 플랫폼인 경우에도 받는 이벤트가 다를 수 있다. 2차는 마찬가지로 1차에서 일정 기간 풀리고 난 뒤 그다음 두 번째 독점으로 풀리는 플랫폼을 말한다. 그렇게 1차 독점 기간을 대략 보름 정도 갖고, 2차 독점 기간 보름 정도 갖고 나면 약 한 달의 시간이 지나, 전체 플랫폼에 풀린다.(이때 '전체 플랫폼'이란 출판사에서 유통하는 플랫폼에 한에서다.)

어떤 플랫폼이 1차 독점으로 갖는 게 좋을지는 소설의 장르와 분량, 소재에 따라 천차만별로 다르니 책에서 따로 다루진 않겠다. 하지만 프로모션에 대해 잘 모르겠다면 주변에 웹소설 작가에게 묻는 게 좋다. 아는 작가가 없더라도 출간한 작가에게 메일로 자문을 구할 수 있다.(보통 작가의 메일은 출간 제의를 위해 공개되어 있다.) 또한 웹소설 커뮤니티에서 정보를 얻을 수 있는데, 여느 인터넷 정보와 마찬가지로 모든 정보를 맹신해선 안 된다. 악의적으로 잘못된 정보를 전달하려는 사람도 있고, 자신이 아는 지식이 실제로 잘못된 지식일 수도 있다. 무엇보다 이들은 닉네임으로 활동하기 때문에 '작가 인증'을 한 작가 외엔 실제 출간 경험이 있을지도 의문이다. 그렇기 때문에 출처를 알 수 없는 커뮤니티보다는 웹소설 작가에게 직접 자문을 구하는 방법을 추천한다.

김작가의 **Point!**

❶ 1, 2차 프로모션 시 어떤 플랫폼에 선독점할 것인가 생각하고, 출판사와 조율한다.

(신인의 경우 원한다고 다 갈 수 있는 건 아니다.)

❷ 커뮤니티 사이트보다는 웹소설 작가에게 프로모션에 대한 조언을 구한다.

(커뮤니티 정보는 참고하되 맹신하지 말 겟!)

웹소설 쓸 때, 가장 중요한 건 뭘까?

웹소설을 보는 곳은 주로 어디인가? 지하철, 버스, 이동하며 짬이 날 때.
웹소설을 왜 읽는가? 머리를 비우기 위해, 재미있으려고.

웹소설을 쓸 때 무엇을 중점적으로 생각해야 하는지 고민된다면 웹소설을
언제 어디서 왜 읽는지를 생각해 보자.

웹소설을 책상에 앉아 정자세로 읽는 사람은 거의 없다. 짬이 날 때 글자를
'읽게끔 하려면' 어떤 상황에서도 술술 읽히는 가독성이 중요하다. 많은 웹소
설 작가들에게 개연성과 캐릭터, 문체와 가독성 중 가장 중요한 것 하나를 꼽
으라고 하면 단연 가독성을 뽑는다. 애플리케이션마다 달라지는 뷰어 스타
일까지 고려할 정도니 웹소설에서 가독성이 얼마나 중요한지 알 수 있다.

또한 웹소설은 생각을 비우기 위해 읽는 글이다. 자극적이면 좋고, 나 대신
'사이다'를 날려 주는 통쾌한 내용이면 더 좋다. 자극적인 내용이나 카타르시
스를 느낄 만한 장면은 우리 머릿속에 쌓여 있는 복잡한 생각을 잠시 내려놓
을 수 있도록 도와준다. 한 마디로 외부 요인으로 자극을 줘서 다른 나쁜 일
을 잊게 만드는 것이다.

아리스토텔레스의 '시학(詩學)'에서 정의된 '카타르시스'란 용어는 몸 안의
불순물을 배설한다는 의학적 술어로 쓰였던 그리스어다. 현재는 드라마나
영화, 소설 속 인물이 어려운 일을 간신히 해결하거나 주인공의 능력 있는 모

습을 볼 때 "카타르시스가 느껴진다."라고 말하는데, 필자는 카타르시스를 다른 말로 '대리만족'이라고 하고 싶다. 로맨스나 판타지가 인기 있는 이유가 뭘까? 사람들이 막장 드라마를 좋아하는 이유는? 자극적이기 때문이기도 하지만, 결국은 '내가 하지 못하는 일을 현실에 가까운 형태로 볼 수 있어서'이다. 로맨스를 예로 들면 생판 모르는 남자와 여러 번 부딪치며 만들어지는 운명적인 사랑, 재벌과의 연애 스토리, 회사에서 사장과의 사내 연애가 있을 것이다. 판타지를 예로 들면 회귀(과거로 되돌아가는), 먼치킨(말도 안 되게 센 사기 캐릭터), 차원 이동(현실이 아닌 다른 세계에서 현실 지식으로 활약) 등 히어로 영화에 열광하는 것과 같은 이유다.

이런 웹소설의 특성을 무시하고, 미사여구를 잔뜩 넣은 문장을 쓴다면 어떨까? 배경 묘사하는 데만 한 페이지를 쓴다면? 실화 다큐멘터리 프로그램처럼 개연성을 하나하나 따져 가며 이야기를 쓴다면 어떨까? 물론 어느 정도의 현실 반영은 필요하겠지만, 재미보다 개연성에만 충실한 웹소설은 웹소설의 기능을 다하지 못하기 때문에 독자에게 외면받기 쉽다. 재미를 위해서라면 개연성이고 뭐고 무시하라는 게 아니라 '웹소설에서 가장 중요한 것'을 인지하라는 뜻이다. 다른 글도 마찬가지지만, 글은 '어떤 독자가 보느냐'에 따라 스타일이 달라져야 한다. 문장 한 줄을 쓸 때도, 이야기를 진행할 때도 독자들이 웹소설을 왜 보는지 생각하면 뭐가 중요한지 금세 답이 나온다.

PART
2

어라,
뭐부터 쓰지?

뭐...부..터.... zzZ...

01

키워드 잡고 가자!

장르의 소개념, 키워드 종류

키워드는 앞에서 언급했듯이 여러 가지로 나누어 잡는데, [장르, 배경, 분위기, 소재, 남녀 관계, 남주, 여주]가 있다. 키워드 종류가 어떤 게 있는지 모르겠다면 아래 정리한 표를 참고한다.

장르 배경 분위기	현대소설, 회귀물, 성장물, 퓨전사극, 차원이동물, 시대물, 추리물, 동양물, 잔잔물, 달달물, 궁정로맨스, 판타지, 할리퀸, 로코(로맨틱 코미디), 신파, 더티토크
소재	왕족/귀족, 재벌, 천재, 타임슬립, 환생, 스포츠물, 메디컬, 연예인, 기억상실, 비서물, 동거, 복수, 영혼체인지, 시월드, 선연애후결혼, 속도위반, 불치병, 고수위
관계	나이차커플, 비밀연애, 사내연애, 정략결혼, 첫사랑, 계약관계, 연상연하, 갑을관계, 소유욕/질투, 재회물, 운명적사랑, 데릴사위, 신분차이

남주	재벌남, 유혹남, 다정남, 순정남, 상처남, 능력남, 뇌섹남, 까칠남, 계략남, 나쁜남자, 외유내강, 후회남, 카리스마남, 무뚝남, 오만남, 동정남, 절륜남
여주	순진녀, 다정녀, 상처녀, 엉뚱녀, 애교녀, 발랄녀, 털털녀, 철벽녀, 도도녀, 능력녀, 다정녀, 외유내강, 순정녀, 남장여자, 동정녀, 절륜녀

대충 감이 오는가? 어떤 키워드를 정하냐에 따라 줄거리의 흐름을 대략 만들 수 있다. 요즘 유행하는 키워드로 소설을 쓰고 싶다면 현재 웹소설의 키워드를 나열해 보고, 그 안에서 이야기를 만드는 것도 방법이다. 이때 표절하라는 뜻은 절대 아님을 명심하자. 웹소설은 워낙 소재가 비슷한 경우가 많기 때문에 표절하지 않도록 더욱 심혈을 기울여야 한다. 만일 키워드를 정하는 게 어렵다면 다음과 같은 질문에 차근차근 키워드로 답해 보자.

· 소설의 장르, 분위기는 어떠한가?
· 주인공들은 어떤 관계인가?
· 남주와 여주의 성격은 어떠한가?
· 요즘 유행하는 키워드와 겹치는 부분이 무엇인가?

키워드를 잡는 건, 어떤 재료로 뼈대를 세울 건지 고민하는 '재료 선정'에 가깝다. 하나의 스토리를 만들기까지 어떤 것부터 먼저 세울지 천천히 알아가자!

김작가의 Point!

❶ 유행하는 웹소설을 보며 요즘 자주 쓰는 키워드를 분석한다.
❷ 키워드를 잡으면 줄거리의 흐름을 대략 만들 수 있다.

★ 자신이 쓰고 싶은 웹소설의 키워드를 각각 잡아 보자.

🖋 소설의 장르, 분위기

🖋 주인공들의 관계

🖋 남주의 성격

🖋 여주의 성격

매일 웹소설 쓰기

02

로그라인 잡고 가자!

흐음..

내 작품을
한줄로 말하자면...

한 줄 줄거리,
작품 소개란에 들어갈 예고편

로그라인(Log Line)이란, 영화나 드라마에서 '콘셉트'라고도 불리는데 간단하게 말하면 '한 줄 줄거리'이다. 한 줄 줄거리는 왜 필요할까? 만일 유명 웹소설 출판사 대표와 엘리베이터에서 마주쳤다고 상상해 보자. 엘리베이터에서 내리기 전에 내 스토리를 곧장 설명할 수 있겠는가? 이때 "연하 남자 보조 작가가 있는데, 여자 메인 작가랑 과거에 만났던 인연이 있었고요. 두 사람이 드라마 제작사의 사정으로 동거하게 되는데…."라며 줄거리를 구구절절 말한다면 이미 엘리베이터는 도착했을 것이다. 이런 줄거리는 대표에게 아무런 영감도 주지 못할 뿐더러 작품 어필조차 힘들다. 반면 "연하 남자 보조 작가와 여자 메인 작가의 동거 이야기예요."라고 말했다면 어땠을까? 이를 바로 '엘리베이터 피치(Elevator Pitch)'라고 부른다. 잘 쓰인 한 줄 줄거리는 몇 줄의 줄거리보다 훨씬 임팩트 있고, 충분하지 않은 정보는 궁금증을 유발할 수도 있다. 작가는 언제 어디서나 누군가에게 "무슨 얘기예요?"라고 질문을 받았을 때 "이런 얘기예요!"라고 바로 답할 수 있는 핵심 한 줄을 준비해야 한다.

영화나 드라마에서 필요한 이야기를 왜 웹소설에서 하냐고? 웹소설에도 '작품 소개'라는 게 있기 때문이다. 작품 소개도 한 줄 줄거리가 중요하다. 독자들이 처음에 키워드를 보고 소설을 클릭한다면 그다음에 보는 게 바로 작품 소개이기 때문! 실제로 웹소설 소개란을 보면 내용이 구구절절 들어간 작품은 별로 없다. 작품 소개는 대부분 1~2줄로 끝나고, 그렇지 않더라도 작품 소개의 정해진 글자수는 플랫폼마다 다르기 때문에 한눈에 줄거리가 보이도록 써야 한다.

로그라인을 처음부터 쓰는 게 어렵다면? 유명 웹소설을 보고 '한 줄 줄거리'를 써 보는 연습을 하자. 보통 기성 작가들은 스토리를 쭉 만들어 놓은 다음 그 안에서 로그라인을 뽑아내지만, 신인에겐 전체 스토리를 뽑기 전, 로그라인을 먼저 쓰기를 권한다. 한 줄로 정리할 수 없는 이야기는 인기가 없을 가능성이 높다. 기성 작가들은 이미 스토리를 만드는 게 훈련되어 있기 때문에 그들의 방식을 똑같이 따라갈 필요는 없다. 많은 사람들이 쓰는 방법일지라도 나에게 맞는 방법을 찾는 게 더 중요하다.

앞서 키워드를 잡았으니 이번엔 한 줄 로그라인을 잡아 보자. 여기까지 오는 것도 꽤 많은 시간이 걸릴 것이다. 하지만 조급하게 생각하지 말자. 글은 쓸수록 빨라지고, 로그라인은 신중하게 잡을수록 속도가 느려지는 건 당연하니까!

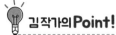 김작가의 **Point!**

❶ 잘 쓰인 한 줄 줄거리는 몇 줄의 줄거리보다 훨씬 임팩트 있다.

❷ 유명 웹소설의 작품 소개를 읽고, 그 소설의 한 줄 줄거리를 써 본다.

❸ 시간이 오래 걸린다고 해서 조급해 하지 말고 신중하게 로그라인을 잡는다!

① **나의 웹소설 줄거리를 5줄 이내로 요약해 보자.**

매 일
웹 소 설
쓰 기

② **요약한 줄거리를 다시 '한 줄 줄거리'로 바꿔 보자.**

03

분량 잡고 가자!

딱 맞게
스토리를 짜 볼까?

글 자 수 에 맞 게 스 토 리 짜 기

웹소설을 처음 시작하는 사람은 왜 분량을 미리 잡아야 하는지 이해하기 힘들다. 나 역시 그랬다. 처음에 회차별 분량조차 생각하지 않고 스토리를 짜다가 결국 전체 스토리를 수정하는 일도 생겼다. 필자와 같은 실수가 생기지 않도록 기본적인 소설 분량에 대해 간단하게 알아보자.

보통 웹소설에서 분량은 공포(공백 포함 글자수), 공미포(공백 미포함 글자수)로 말하곤 하는데, 장르마다 분량이 다르다. 연재는 모든 장르를 불문하고 회차당 공백 포함 5,000~5,500자 기준이며(A4 기준 4~5장), 판타지, 무협 등 남성향 소설은 최소 200화 이상(공포 5,000자x200화 = 100만 자), 로판(로맨스 판타지)은 최소 100~120화(공포 5,000x110화=55만 자) 많으면 150화(75만 자) 분량까지 가고, 로맨스는 연재의 경우 최소 60화(공포 5,000자x60화 = 30만 자)이상 쓰길 추천한다. 단행본을 목표로 할 때는 권당 12~15만 자(공포)를 쓰기도 한다. 단행본이란, 연재 형식이 아닌 완결된 e-book 형태로 곧장 출간하는 걸 말한다.

분량에 기준을 정한 이유가 있다. 판타지 장르가 주인 문피아 플랫폼에선 선독점을 할 경우 100화 이상이어야 타 유통사로 유통이 가능하다. 한 마디로 100화 이후에 완결되어야 소설 전체 회차를 다른 플랫폼에 유통할 수 있는데, 그 전까진 문피아 독점이다. 유입률을 생각해 대부분 선독점으로 가기도 하지만, 또 다른 방법으론 비독점이 있고 이건 계약에 따라 다르다. 심사를 받고 들어가야 하는 카카오 페이지도 일반적으로 평균 120화에 런칭하므로 분량은 비슷하다. 최소 분량은 대략 이렇지만, <u>남성향 소설은 200화부터 이벤트를 받기 쉬우니 전체 분량을 200화로 생각하자. 성적이 좋다면 200화를 넘기는 게 좋다.</u> 물론 성적이 좋지 않으면 기성 작가조차 이벤트를 포기하고 '조기 완결'하는 경우도 있다. '조기 완결'은 말 그대로 계획보다 일찍 완결하는 것이기 때문에 이때 분량은 작가의 마음이다.

단행본은 단권으로 불리기도 하는데, 이때 주의해야 할 용어는 '단권'과 '단편'의 차이다. 단행본(단권)은 권당 분량이 12.5만 자 이상인 1~2권짜리를 말하며, 단편은 한 권으로 끝나는 12.5만 자 이하인 소설을 말한다.
단행본은 대부분 권당 12~15만 자를 오가기 때문에 30만 자의 경우 두 권으로, 15만 자일 경우 한 권으로 출간한다. 간혹 30만 자일 경우 10만 자를 한 권으로 묶어 세 권으로 출간하는 경우도 있는데, 이건 출판사의 재량이다. 그럼 여기서 의문이 들 것이다. 권당 글자 수 제한이 없다면 글자수를 적게 쓰고 출간하는 게 이득이지 않을까? 이런 점 때문에 정해진 규칙이 또 있다.

현재 연재 형식의 웹소설은 평균 한 화당 100원으로 판매하기 때문에 단행본 역시 글자수에 따라 가격이 측정된다. 자, 그럼 계산해 보자. 5,000자를 100원이라고 환산했을 때, 15만 자(공백 포함)의 단행본은 얼마일까?

[15만 자÷5,000자 = 30화]
[30화×100원 = 3,000원]

연재의 경우 15만 자는 30화가 되고, 30화를 100원으로 팔았다는 가정하에 이런 계산이 나온다. 그럼 15만 자 단행본은 3,000원에 판매하는 게 적당하다.

앞서 말한 분량은 외전을 뺀 본편 분량이다. 여기에 외전 분량은 따로 추가되는데, 웹소설 외전이란 드라마로 치면 스페셜편, 속편 같은 것이다. 외전에는 완결 이후 주인공의 행복한 삶이나, 서브 주인공의 비하인드 스토리, 남녀가 바뀐 특이한 콘셉트 등 다양한 형태의 이야기가 나올 수 있다. 특별한 이야기가 나올 수 있는 만큼 '어떤 외전이 나오느냐.'가 독자들 사이에선 큰 이슈가 되기도 한다. 간혹 어떤 이야기를 원하는지 독자 투표를 통해 '독자가 원하는 외전'을 쓰는 작가도 있다. 이처럼 외전이란, 완결까지 따라와 준 독자에게 주는 선물 같은 것이다.

외전에 '어떤 이야기가 들어갈지'는 작가에게도 큰 숙제다. 선물이어야 할 외전에도 작가와 독자의 충돌을 피할 수 없다. 예를 들어 주인공의 삶을 궁금해 하는 독자와 서브 주인공 이야기를 궁금해 하는 독자가 있다고 치자. 작가는 두 독자를 모두 만족시킬 수 없다. 이럴 때 어느 한쪽은 원하는 이야기를 보지 못해 실망을 표출할 수도 있다. 그렇다 하더라도 너무 상심하지 말자! 작가는 늘 '모두를 만족시킬 수 없다'는 당연한 진리를 잊어선 안 된다.

그럼 다시 분량 얘기로 돌아가서, **외전은 '쓰느냐 마느냐', '길게 쓰느냐 짧게 쓰느냐'는 모두 작가의 선택이다.** 남성향 소설만 봐도 외전이 아예 없는 경우도 있고, 장편에 비해 2만 자로 짧게 쓰기도 하고, 본편만큼 길게 뽑는 작가도 있다. 로맨스 외전의 경우 일반적으론 전체 분량의 6분의 1정도(전체 분량 30만 자일 때 외전 5만 자, 15만 자일 때 2~3만 자)를 쓰지만, 그보다 훨씬 짧게 쓰는 작가도 많다. 이처럼 외전 분량은 작가의 재량이다.

작가가 외전을 쓰는 이유는 두 가지다. 첫째, 작가 본인이나 독자가 원해서. 둘째, 추가 프로모션 때문에!

여성향 소설에서 외전은 독자에게 거의 필수 코스가 되었고, 본편만큼이나 중요하다. 요즘 드라마에서도 '행복하게 살았습니다.' 같은 '결론 장면'을 보여 주는 게 아니라, '결혼 이후의 삶'을 엔딩 장면으로 쓰곤 한다. 왜 이렇게 할까? 이유는 간단하다. 이야기가 마무리된 이후의 삶을 시청자가 보고 싶어 하니까! 웹소설도 마찬가지이다. 그렇다면 추가 프로모션이란 무엇일까? 단행본의 경우 외전은 본편보다 한 달 뒤에 출간된다. 본편이 먼저 출간되고, 본편이 잊힐 때쯤 외전이 나온다. 본편에서 받는 프로모션과 '외전 프로모션'은 다른데, 외전 프로모션을 한 번 더 받으면 노출이 좀 더 되는 탓에 출판사도 '외전 있는 소설'을 좋아한다. 이때 너무 짧은 외전은 프로모션을 받기 힘들고, 글자수가 어느 정도 되어야 플랫폼 이벤트를 받기 쉽다.

분량에 관하여 업계에서 법적으로 정해 놓은 건 아니며 다른 방식으로 가격을 측정하는 출판사도 있다. 하지만 대부분 이를 지키고 있고, 적당한 선을 기준으로 잡은 것이다. 그래도 분량을 잘 모르겠다면 표준 시장인 리디북스 플랫폼에서 제시하는 글자수(공미포)를 참고하자. 내가 쓰고 싶은 장르에 있는 다른 e-book 소설의 분량을 참고하면 분량을 정하는데 도움이 될 것이다.

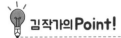
김작가의 **Point!**

낙혼(落婚) : 형의 여자 1권 약 8만 자 **2,800원**	**최강 검사였던 내가 힐러가 돼서 몬스터를 뚜까팸 98화** 2019.06.11. ㅣ 약 4.5천 자 **100원**
낙혼(落婚) : 형의 여자 2권 약 7.7만 자 **2,800원**	**최강 검사였던 내가 힐러가 돼서 몬스터를 뚜까팸 99화** 2019.06.12. ㅣ 약 4.3천 자 **100원**
낙혼(落婚) : 형의 여자 3권 (완결) 약 7.9만 자 **2,800원**	**최강 검사였던 내가 힐러가 돼서 몬스터를 뚜까팸 100화** 2019.06.13. ㅣ 약 4.6천 자 **100원**
낙혼(落婚) : 형의 여자 - (외전) 약 4만 자 **1,200원**	

단행본 글자수
작가- 홍이영

연재 글자수
작가- 베베짐

❶ **장르별 분량을 정리하면 아래와 같다.**

연재는 모든 장르를 불문하고 회차당 공백 포함 5,000~5,500자

남성향 소설은 최소 200화 이상(공포 5,000자x200화=100만 자)

로맨스 판타지는 최소 100~120화(공포 5,000자x110화=55만 자) 많으면 150화 (75만 자)

로맨스는 연재의 경우 최소 60화(공포 5,000자x60화=30만 자) 이상

　　　　　단행본일 경우 최소 15만 자 정도 쓰는 걸 추천!

❷ **단행본(단권)은 권당 12~15만 자, 단편은 1권짜리로 끝나는 12.5만 자 이하 소설이다.**

❸ **외전 분량은 작가에 따라, 장르에 따라 다르다.**

❹ **외전은 작가나 독자가 원해서, 혹은 추가 프로모션 때문에 쓴다.**

1 전체 분량을 정하자.

2 전체 분량을 '기-승-전-결' 4등분으로 나누고, 글자수를 계산하자.

예 30만 자 : 기— 7.5만 자 / 승— 15만 자 / 전— 22.5만 자 / 결— 30만 자

3 외전 분량도 미리 정하자.

04

연재 주기 잡고 가자!

연재로 살아남으려면

연재 주기는 묻고 따질 것도 없이 무조건 '매일 연재'다. 한 플랫폼에 정식 연재를 하는 게 아니라면 내 소설은 단숨에 묻히기 마련이다. 네이버로 예를 들면, 아무 인기 없는 신인 작가가 올릴 수 있는 연재처는 '챌린지 리그'이다. 여기서 인기를 얻으면 '베스트 리그'에 들어가고, 거기서 더 운이 좋으면 정식 연재란을 차지할 수 있다. 이 얘기 왜 하는가? 바로 노출 때문이다. '매일 연재'를 하지 않으면 우후죽순 쏟아지는 경쟁작 사이에서 살아남기 힘들다. 특히 아무런 자격 조건 없이 소설을 업로드할 수 있는 '챌린지 리그' 같은 연재처의 경우 경쟁률이 더 심하다.

앞 단원에서 말했듯이 한 회 분량은 무조건 5,000~5,500자(공포)로 잡자. 여러 가지 이유가 있는데 언젠가 이 소설을 유료화할 마음이 있다면 기준이 바로 5,000~5,500자이기 때문이다. 무료에서 유료 회차로 전환할 경우, 내용이 이보다 적으면 늘려야 하고, 내용이 많으면 그만큼 회차를 더 써야 한다.

무료 연재는 글자수에 제한이 있는 건 아니지만 '매일 연재를 위해' 유료 회차 기준인 5,000자를 지키기를 권한다. 아래 예를 보자. 한 회차에 3,500~4,500자를 연재할 경우, 다른 경쟁작에 비해 다소 짧게 느껴질 것이다. 반대로 한 회차를 5,500~7,000자까지 늘려도 상관없으나 그건 결국 한 회차로 소비되는 글자이다. 예를 들어 1화가 5,000자이고, 2화가 7,000자, 3화가 8,000자라고 가정해 보자. 총 2만 자다. 이를 5,000자씩 나누면 총 4화가 나오는데, 한 회에 7,000~8,000자가 들어가면 3회차 분량밖에 나오지 않는다. 매일 연재는 생각보다 만만치 않다. 비축분(미리 써둔 소설)이 충분하더라도 연재하다 보면 금방 소진되기 때문에, 나중에는 글자수가 아깝게 느껴진다. 만일 스토리 흐름상 반드시 하루에 풀어야 독자들이 따라올 것 같다면 차라리 만 자를 2회차로 나누어 연참(하루에 두 편을 연달아 올리는 행위)하는 게 낫다.

매일 연재는 생각보다 녹록치 않다. 그렇기 때문에 작가들은 반드시 '비축분'을 써 놓고 연재를 시작한다. 그렇다면 비축분은 어느 정도 두고 연재를 시작하는 게 좋을까? 경험상 5만 자(총 10편)는 빠듯하고, 10만 자(총 20편)는 보통, 20만 자(총 30편)는 여유 있게 연재할 수 있다. 매일 5,000자를 쓰는 건 힘든 일이며, 또한 매일 글을 쓸 여건이 안 될 수도 있다. 글은 피곤도에 따라, 감정에 따라 곧잘 안 써지곤 하니 말이다.

김작가의 **Point!**

❶ 유료 회차로 전환할 생각이 있다면 글자수 5,000~5,500자를 지킨다.

❷ 최소 10만 자의 비축분을 만들고 연재를 시작하자.

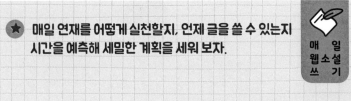

★ 매일 연재를 어떻게 실천할지, 언제 글을 쓸 수 있는지 시간을 예측해 세밀한 계획을 세워 보자.

매 일
웹 소 설
쓰 기

05

캐릭터 잡고 가자!

일관된 캐릭터 만들기

첫 단원에서 우리는 키워드를 먼저 잡았다. 그중 남주, 여주의 키워드를 우선 노트에 나열해 보자.

#직진남 #다정남 #존댓말남 #대형견남 #연하남
#능력녀 #상처녀 #외유내강녀 #우월녀 #연상녀

키워드를 쭉 나열하면 대략 내가 생각하는 캐릭터의 윤곽이 보인다. 이번엔 그들의 성격을 서술 형식으로 써 보자. 이때 주의할 점은 완벽한 캐릭터를 만들고 싶다고 해서 모든 성향을 다 가진 캐릭터를 만들면 안 된다. '똑똑한데 가끔 허술하고, 말투는 까칠한데 마음은 너그러운' 같은 일맥상통하지 않은 성격을 추가하다 보면 그 캐릭터는 주어지는 상황마다 다른 사람처럼 반응할 수밖에 없다. 이야기가 진행될수록 캐릭터가 발전적일 수는 있으나 성향과 성격은 일관성 있어야 한다.

예를 들면, '말투가 까칠하고 매사에 똑부러지는 반듯한 성격. 남 일엔 관심 없고 자신과 상관없는 일은 제 옆에서 무슨 일이 벌어져도 쳐다보지 않는다.'라는 설정을 넣었다고 가정해 보자. 지나가던 여자 주인공이 길에서 넘어졌을 때 남주는 스쳐 지나가야 맞다. 반면 '행동은 까칠한데 마음은 너그러운'이라는 설정이 붙는다면 같은 상황에서 남주는 그녀를 지나치는 게 맞을까, 일으켜 세우는 게 맞을까? 캐릭터 설정할 때는 '어떤 상황에서도 일관된 언행을 보이는 사람'을 만들어야 한다. 그렇지 않으면 다음 줄거리를 진행할 때 캐릭터를 어떻게 움직여야 할지 몰라 혼란스러운 상황이 발생한다.

그렇다면 일관된 캐릭터는 어떻게 만들까?

🐱 1 캐릭터에 '과거 설정'을 넣어라

편하게 '나'란 사람을 예로 들어 보자. '나'는 유전적으로 타고난 성향도 있겠지만, 부모님의 교육 방식이나 살아온 환경에 따라 지금의 내가 완성된다. 트라우마도 마찬가지이다. 주인공에게 '약점'을 넣고 싶다면 그 약점이 생긴 원인을 미리 만든다. 웹소설 내에서 드러내고 안 드러내고는 중요하지 않다. 중요한 건 작가가 알고 있느냐, 아니냐이다. 작가가 주인공에 대해 얼마나 알고 있느냐에 따라 그 캐릭터를 살릴 수 있는지 여부가 결정된다. 그렇기 때문에 캐릭터를 확실하게 잡기 위해 그들의 지나온 세월을 상상해 본다. 여기서 한

가지 주의할 것은 초보 작가는 이 모든 설정을 독자에게 다 보여 주고 싶어 하는데, 독자가 가장 궁금한 건 바로 '현재'라는 점이다. 독자에게 캐릭터의 모든 기억을 설명하려는 순간 그 스토리는 지루해진다는 점을 유의하자. 과거 설정은 오롯이 명확하고 일관된 캐릭터를 위해 필요한 사항이다.

예를 들어, 여주가 '소문'에 유난히 민감하다. 이 경우 학창 시절 안좋은 소문에 휩쓸려 왕따를 당했다든지, 괴롭힘을 당한 기억이 있다고 설정할 수 있다. 이 과거를 반드시 장면으로 다 보여 줄 필요 없이 한 문장으로 말해도 충분하다. 소문에 민감한 여주의 행동을 보여 준 뒤 "그녀는 학창 시절의 기억을 어렴풋이 떠올리며 몸서리쳤다." 같은 문장으로 충분히 설명된다. 이처럼 캐릭터가 흔들리지 않으려면 그 캐릭터가 살아온 일대기와 과거의 '큰 사건'을 그려 보는 것이 중요하다.

😺 2 성격에 따른 말투를 정해라

말투는 인물의 성격을 가장 잘 드러내는 요소 중 하나이다. 요즘 드라마를 보면 '멋진 남자 말투의 정석'이 있는 것처럼 남주의 말투가 대부분 비슷한데, 때문에 캐릭터가 비슷하다는 말이 나온다. 분명 성격의 차이가 있겠지만, 이러한 평가가 나오는 건 말투 때문이다.

캐릭터의 성격과 과거 설정까지 모두 썼다면, 캐릭터의 말투를 상상해 보자. 감이 잘 안 온다면 만화 캐릭터나 드라마 속 캐릭터를 모델로 삼아도 좋다.

예를 들어, 여주가 까칠한 성격이다. 그럼 당연히 사근사근한 말투보단 '틱틱'거리거나 말 한 마디에 뼈가 있는 공격적인 말투를 사용할 가능성이 많다. "밥 먹었어?"라는 말도 "밥은?"이라고 하거나, "좀 이따가 봐!"라는 말을 "이따 봐."라고 간단명료하게 말할 수 있다. 평소 이런 말투를 사용하는 사람이라면 낯간지러운 말을 못할 가능성도 많고, 저돌적인 사람 앞에선 의외로 당황할 수도 있다. 이렇듯 성격과 말투를 정하면 그에 맞게 부가적인 캐릭터 성향이 마인드맵처럼 펼쳐진다.

이 모든 과정은 캐릭터에 생명력을 불어넣는 중요한 과정 중 하나이니, 신이 되어 한 인간을 창조한다고 생각하며 즐겁게 캐릭터를 만들어 보자!

 김작가의 **Point!**

❶ 캐릭터를 설정할 때는 '어떤 상황에서도 일관된 언행을 보이는 사람'을 만든다.
❷ 캐릭터의 일대기와 과거 '큰 사건'을 명확히 만든다.
❸ 현재 주인공의 성격을 지난 세월과 연결지어 정한다.
❹ 성격에 따른 주인공의 말투를 정한다.

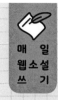
1 주인공의 유년기, 10대, 20대, 30대를 대략 써 보고,
현재 어떤 성격인지 써 보자.

2 언제, 어떤 사건을 계기로 주인공의 성격이 형성됐는지 생각해 보자.

3 성격에 따른 주인공의 말투를 10개 이상의 대사로 적어 보자.

06

인물관계도 잡고 가자!

주조연의 인물관계도

주인공 중심으로 어느 정도 캐릭터가 완성됐다면 이번엔 주변 인물을 포함해 인물관계도를 엮을 차례다. 웹소설에서 인물관계도는 다소 간결해야 좋다. 인물의 숫자는 분량에 따라 정해진다고 봐도 과언이 아니다. 로맨스 단행본의 경우엔 4명 이상의 주요 인물이 나오지 않는다. 반면 판타지나 로판의 경우, 회차가 길수록 에피소드가 많아야 하기 때문에 인물의 숫자가 늘어난다. 그렇다면 인물관계도는 어떻게 쓸까? 인물관계도는 두 가지 조건이 갖춰지면 성공이다. <u>첫째, 그림으로 그렸을 때 한눈에 들어올 것. 둘째, 관계도 만으로 궁금증을 유발할 것!</u> 아래 로맨스 단행본 인물관계도를 예로 보자.

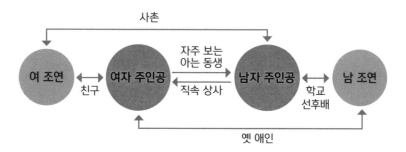

인물관계도의 핵심은 '모든 인물의 관계를 어떻게 엮을 것인가?'이다. 이 관계도에서 여주에게 남주는 친구의 사촌동생이자, 옛 애인의 학교 후배이다. 게다가 회사의 직속 상사가 된 두 사람의 관계가 얼마나 끈끈하게 이어질지 관계도를 통해 궁금증을 유발한다. 관계도만으로 학교 선후배이자 여주의 옛 애인인 남 조연의 갈등도 예상되고, 때려야 뗄 수 없는 친구의 동생이란 점이 여주에게 어떻게 다가갈지 무한한 상상력을 발휘하도록 만든다.

잘 짜인 인물관계도는 에피소드를 억지로 끄집어내지 않아도 대략적인 갈등 관계와 에피소드를 생산한다. 인물관계도를 만들 땐 '갈등' 위주로 생각하면 쉽다. 로맨스를 예로 들었지만, 로맨스뿐만 아니라 타 장르도 마찬가지이다.

> • 남 조연은 여주에게 어떤 영향을 주는가?
> • 여 조연은 여주를 뭐 때문에 힘들게 하는가?
> • 남 조연과 남주의 갈등은 무엇인가?
> • 남 조연과 여 조연은 무슨 관계인가?

이처럼 갈등 위주의 질문을 각 캐릭터에 던져 보자. 서로에게 어떤 영향을 주는지, 뭐 때문에 서로 힘든지, 어떤 갈등을 일으킬지 생각하다 보면 훌륭한 인물관계도가 만들어진다.

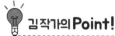
김작가의 Point!

❶ 인물관계도는 한눈에 보이도록 간결하게, 관계도만 봐도 궁금하게 만든다!
❷ 인물관계도의 핵심은 갈등이다. 인물들을 '어떻게 엮을 것인가?' 고민한다.

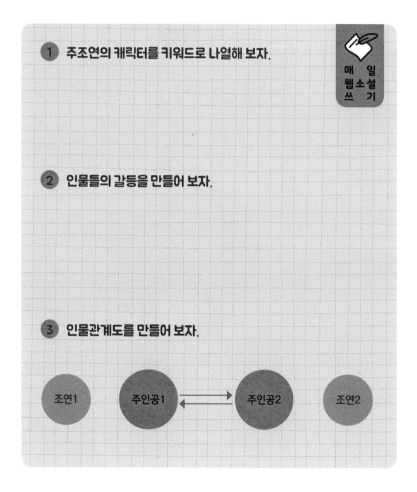

① **주조연의 캐릭터를 키워드로 나열해 보자.**

매 일
웹 소설
쓰 기

② **인물들의 갈등을 만들어 보자.**

③ **인물관계도를 만들어 보자.**

조연1   주인공1 ⟶⟵ 주인공2   조연2

07

스토리 잡고 가자!

스토리라인, 핵심 사건

캐릭터를 잘 만들었다면 이번엔 인물들이 주어진 관계에서 어떻게 움직일지 지켜볼 차례이다. 스토리라인은 대부분 알고 있듯이 크게 '기-승-전-결'로 나눈다. 더 세부적으로 스토리를 짜기 위해서는 인기 웹소설을 분석하자. 많은 작품의 구조를 분석하다 보면 절정과 위기 시기와 순서가 비슷하다는 걸 알 수 있다. 이번에도 역시 로맨스를 예로 들어 보겠다.

황당한 첫 만남 또는 아는 사이 > 서로를 남녀로 인식하는 '결정적 사건' 발생 > 자신의 감정을 (각자) 혼동 및 부정 > 오해 또는 악역 등장 > 이별 위기 > 연애 > 헤어질 수밖에 없는 외부 상황 발생 > 극복하고 해피엔딩

인기 로맨스 웹소설을 보면 이 구조를 크게 벗어나지 않는다. 웹소설의 구조를 분석하는 방법으로 다른 지름길은 없다. 그저 많이 읽고, 다각도로 분석할 것! 유명 소설을 읽다 보면 공통점이 보일 것이

다. 이때 유명 드라마나 영화를 분석하는 건 추천하지 않는다. 오롯이 글로 된 웹소설만 가지고 분석하자. 웹소설을 원작으로 한 드라마도 마찬가지이다. 웹소설을 원작으로 하는 드라마일지라도 드라마 작가와 웹소설 작가는 다른 사람이며, 판권을 넘기고 나면 웹소설 작가는 드라마 스토리에 개입하지 않는 경우가 더 많기 때문에 그 드라마를 분석할 필요는 없다. 웹소설은 웹소설만의 구조가 있다. 웹소설을 쓰고 싶다면 반드시 웹소설로 구조를 분석할 것! 많은 작품을 읽고 인기의 주요인이 되는 뼈대가 무엇인지 파악해 보자.

위의 예처럼 내가 원하는 장르의 구조(뼈대)를 잡았다면 이번에는 핵심 사건을 만들자. 어떻게 황당한 첫 만남이 이루어졌는지, 어떤 식으로 두 주인공이 얽히는지, 두 사람이 서로에게 호감이 생기는 계기는 뭔지, 악역은 어떤 이유로 두 사람을 방해하는지, 두 사람에게 어떤 오해가 생겼는지 등 구조를 따라 질문을 던지다 보면 핵심 사건이 생긴다. 그 사건을 중심으로 자잘한 에피소드를 만든다. 물론 실제 집필하다 보면 핵심 사건이나 자잘한 에피소드가 약간씩 바뀔 수 있다. 그렇다 하더라도 '재밌는 웹소설 뼈대'에 맞는 스토리를 만들기까진 최소 일주일의 시간은 투자해야 한다. 스토리를 완벽하게 만드는 과정이 다소 지루할 수 있다. 하지만! 조금 오래 걸리더라도 충분한 시간을 투자하면 분명 글이 의도하지 않은 방향으로 튀려고 할 때, 든든한 나침반 역할을 해 줄 것이다.

김작가의 **Point!**

❶ 웹소설을 쓰고 싶다면 반드시 웹소설로 구조를 분석한다.!

❷ 내가 원하는 장르의 구조(뼈대)를 잡아 스토리의 핵심 사건을 구성하고, 그에 따른 에피소드를 만든다.

① 쓰고자 하는 장르의 인기 웹소설 중 하나를 선택하여 전체 스토리를 읽고 뼈대를 파악해 보자.

매 일
웹 소 설
쓰 기

② 파악한 스토리를 아래와 같이 분석해 보자.

전체 구조	세부 구조	에피소드
기	예 황당한 첫 만남, 남녀가 되는 '결정적 사건'	예 첫 만남은 어떻게? 결정적 사건이 무엇인가?
승	예 서로에게 호감, 오해 또는 악역 등장	예 어떤 계기로 호감을 갖나? 무슨 오해인가? 악역은 어떻게 방해하는가?
전		
결		

3 내 스토리를 위와 같은 표에 넣으며 스토리를 구성해 보자.

전체 구조	세부 구조	에피소드
기		
승		
전		
결		

08

결말 잡고 가자!

무조건 해피엔딩?

스토리를 차근차근 쓰다 보면 결말에 도달한다. 15년 전, 웹소설이 막 등장했을 무렵에는 새드엔딩이 유행했었다.(유행은 사회 분위기, 나라의 경제 상황에 따라 조금씩 달라진다.) 하지만 지금은 상황이 다르다. 사람들은 머리를 비우기 위해 웹소설을 읽고, 짬 나는 시간에 웃고 싶어서 웹소설을 찾는다. 각박해진 삶에서 우리는 짧은 시간 내에 콘텐츠를 찾아 웃고 싶어 하는데, 이 문화를 일명 '스낵컬처(Snack Culture)'라고 부른다. 이 문화는 웹소설 전개 흐름은 물론이고 결말 또한 영향을 주는데, 여기서 중요한 문제는 현대인은 이 문화에 이미 길들여졌다는 것이다. 간혹 고구마 전개에 분노하는 독자가 있는 것도 이 때문이다. 그렇다면 스낵컬처의 정확한 뜻은 뭘까?

'스낵컬처(Snack Culture)'란 언제 어디서나 과자를 먹듯 짧은 시간 안에 문화 콘텐츠를 소비한다는 뜻이다. 스낵컬처 문화에는 웹소설과 웹툰, 웹드라마가 속한다.

자, 그럼 생각해 보자. 순간적인 즐거움을 위해 읽은 이야기가 슬프게 끝나거나 열린 결말로 의문을 남긴다면 어떨까? 가볍게 읽은 이야기인데, 결말이 찝찝하기 그지없다. 아마 독자들은 크게 배신감을 느끼고 다시는 그 작가의 작품을 찾아보지 않을 것이다. 그만큼 '해피엔딩'은 웹소설의 필수 조건이라고 해도 과언이 아니다. 독자들은 머리를 쓰고 싶지도, 감정을 소모하고 싶지도 않기 때문이다.

웹소설에서(적어도 지금은) 새드엔딩은 있을 수 없는 일이고, 열린 결말 또한 독자들은 용납하지 못한다. 결말은 무조건 해피엔딩으로 마무리하자!

 김작가의 **Point!**

❶ 웹소설이 '스낵컬처(Snack Culture)' 문화라는 걸 잊지 않는다.
❷ 요즘 웹소설의 결말은 해피엔딩이 필수이다.

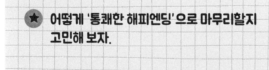 ★ 어떻게 '통쾌한 해피엔딩'으로 마무리할지 고민해 보자.

 매 일 웹소설 쓰 기

선배의 Tip

투고할까? 컨택 기다릴까?

신인 작가에게 출판의 길은 너무나 멀게 느껴지겠지만, e-book 출판이 마냥 어려운 일만은 아니다. 출간을 위한 방법으로 투고와 컨택 두 가지가 있다. 지금부터 그 과정을 자세히 살펴보겠다.

① 투고

투고는 출판사에서 원하는 만큼 글자수를 채워 시놉시스와 함께 보내는 방법이다. 각 출판사 및 장르 레이블에 따라 투고 받는 조건은 모두 다르기 때문에 이를 확인한 후 투고한다. 투고처는 보통 e-book을 구매했을 때 맨 앞장이나 맨 뒷장, 또는 출판사 블로그에 이메일 주소와 투고 조건이 친절하게 나와 있다.

투고하면 결과가 궁금할 것이다. 결과가 나오는 기간은 출판사마다 다르지만, 보통 보름에서 한 달 정도 생각하면 넉넉하다. 그렇기에 하루 날을 잡고 조사한 출판사에 한꺼번에 투고하는 것을 추천한다. 간혹 지망생 중에 출판사 한 군데를 넣은 후 떨어지면 다른 곳에 투고하는데, 이는 시간 낭비이다. 모든 출판사는 결과가 나오기까지 최소 2주는 걸리기 때문에 하루에 몰아서 투고하는 편이 시간을 절약하는 방법이다. 투고한 출판사에서 모두 떨어지면 그때 다른 출판사를 찾아도 늦지 않다. 만일 여러 곳에서 출간 허락을 받는다면 그중 조건을 비교해서 계약하면 된다. 출판사에서 출간 수용 메일을 줄 땐 결과와 동시에 비율과 정산 방식 등의 계약 조건을 보내온다. 아예 계약서를 보내는 곳도 있다. 처음엔 투고해 놓고 거절하는 메일을 보내기 어려울 수도 있으나 막상 출판사에선 크게 개의치 않는다. 대다수의 웹소설 출판사 역시 많은 작가와 계약하고, 해지하기 때문에 그 부분까진 염려하지 않아도 된다. 만일 A출판사와 B출판사 모두 계약하고 싶다면 한 곳에는 새로운 시놉시스와 원고를 드리겠다고 제안하는 것도 좋은 방법이다.

❷ 컨택

컨택은 무료 연재 플랫폼에서 연재하며 출판사에서 연락이 오길 기다리는 방법이다. 무료 연재를 시작할 때는 작품 소개란에 자주 쓰는 이메일 주소와 함께 옆에 '미계약작'이라고 적어 둔다. 출판사 컨택은 이메일 또는 플랫폼 자체 내 쪽지를 통해 연락이 온다.

투고와 컨택 모두 장단점이 있다. 투고의 장점은 내가 고른 출판사와 계약할 수 있고, 단점은 시간이 오래 걸린다는 것이다. 일단 시놉시스를 제외한 최소 5만 자 이상의 원고가 있어야 하고(연재 없이 처음부터 5만 자를 홀로 써서 완성하는 건 분명 힘든 일이다), 결과가 나오기까지 2~4주 정도의 시간이 걸리는데다 투고한 곳 모두 떨어질 수도 있다. 다 떨어진 경우 무료 연재를 해도 되지만, 원고를 엎어야 하는 상황도 있기 때문에 새로 집필하는 시간까지 더하면 시간이 얼마나 걸릴지 장담할 수 없다.

컨택의 장점은 독자의 반응을 보며 배울 수 있고, 단점은 좋지 않은 출판사를 만날 가능성이 크다는 것이다. 점점 웹소설 작가가 우후죽순 늘어나는 실정이다. 대형 출판사에선 이미 많은 기성작가들과 연결되어 있기 때문에 컨택보다 투고를 많이 받는다. 출판사가 신인 작가 컨택을 꺼려 하는 이유도 있다. 출판사 입장에선 '신인 작가'라는 이름이 부담으로 느껴진다. 신인 작가는 앞으로 계속 글을 쓸지, 원고를 끝까지 안 주는 건 아닐지 불안 요소가 따르기 때문이다. 꾸준히 글을 쓰지 않으면 판매량이 저조할 수밖에 없고, 간혹 계약하고 원고를 주지 않는 작가도 있다고 한다.

물론 컨택하는 출판사가 모두 안 좋다는 뜻은 아니다. 다만 컨택을 한다는 건 신생 출판사이거나 작가가 한 작품 계약하고 떠나는, 조건이 좋지 않은 출판사일 가능성이 좀 더 높다는 뜻이다. 보통 출판사와 관계나 프로모션 등 조건이 좋으면 차기작을 계약하는 경우가 많기 때문이다.

연재를 할 땐, 배움이 필요한 신인 작가 입장에서 독자의 댓글이(설령 악플일지라도) 도움이 되고, 또 투고 분량인 5만 자를 완성하기까지 조회수나 댓글을 원동력으로 삼을 수도 있다. 반면 주목을 받지 못했을 때 좌절할 수도 있으니 어떤 방법도 '더 좋다'라고 섣불리 말하기 어렵다.

이중 어떤 선택을 하더라도 그 길이 순탄치만은 않다. 그러나 두 개의 장단점을 구분해서 나에게 맞는 방법을 선택해 끝까지 밀고 나간다면 분명 좋은 결과가 있을 것이다. 노력을 배신하지 않는 분야가 바로 이 웹소설 시장이니까!

PART

3

실전,
웹소설 쓰기!

내 소설로
밤새게 해 주지!

01

성의 없는 제목 같다고?

어떻게 지은 제목인데!

소 재 가 보 이 는 제 목

네이버나 카카오, 문피아 등 각 플랫폼의 웹소설을 장르 불문하고 1~10위까지 보자. 제목만 슥 훑었을 때 그런 생각이 들 것이다. "제목이 다 왜 이래?"

각 연재처마다 웹소설 인기 작품들의 제목은 죄다 너무 직관적이다. 예를 들면 이렇다. '오빠 나랑 사귀자!', '나랑 사귀면', '나쁜 남자' 등등. 제목이 혹 겹치진 않을까 불안할 정도로 전부 직관적이다.

<u>어째서 제목을 이렇게 '성의 없어 보이게' 짓는 걸까? 바로 줄거리를 예측 가능하도록 하기 위해서다.</u> 아침드라마도 '당하던 여주인공의 통쾌한 복수극'이라는 클리셰가 있듯 웹소설 또한 독자들은 정해진 틀 안에서의 클리셰를 기대하고 키워드를 선택한다. 그게 설사 '뻔히 아는 내용'일지라도 보고 싶어 한다. 그게 바로 내가 원하는 이야기니까!

그렇다면 예측 가능한 제목을 만드는 방법은 무엇일까? 두 가지 방법이 있다. <u>첫 번째는 '키워드'가 보이는 제목이다.</u> 제목만으로도 결

말까지 예측할 수 있는 줄거리! 더불어 작품 소개에 키워드를 쓰는 것 또한 필수이다.

예를 들어 이런 작품 소개가 있다고 가정하자.
'어느 날 갑자기 드라마 제작사가 들이민 보조 작가 시운! 6살 어린 데다가 능력이 출중하단다. 그런데 숙식 제공해야 하는 보조 작가가 남자라고?! 시운을 내치려고 하지만 집필 일정 때문에 어쩔 수 없이 메인 작가 강희와 같은 지붕 아래 동거하게 되는데…'
이때 제목은 〈내가 키우는 보조 작가〉로 하면 적당하다. 이 제목만으로 우리는 이 로맨스의 남주와 여주가 연상연하일 것이고, 동거를 할 거라고 짐작 가능하다. 장르가 로맨스이기 때문에 '내가 키우는'은 연하남일 가능성이 많고, '키우는 보조 작가'는 남주의 사회적 지위가 여주보다 낮음을 독자는 추측할 수 있다.

제목을 잘 잡았다면 앞서 배웠던 키워드를 넣어 보자.
'#동거 #연하남 #능력남 #까칠녀 #능력녀'
눈에 띄는 제목과 '한눈에 보이는 줄거리'를 위한 키워드까지 작성했다면 독자의 이목을 끌 준비는 끝!

두 번째는 대화형 제목이다. 어느 순간 회차별 제목부터 소설의 제목까지 대화체로 많이 바뀌었다. 특히 연재 시 회차별 제목에 대화가 많이 쓰이는데, 주인공의 말을 그대로 제목에 쓸 경우 그 성격을 드러내면서도 어느 정도 줄거리를 예측할 수 있기 때문에 제목만으로 예고편 같은 효과를 준다.

적절한 예시를 위해 인기작 중 가장 조회수가 많은 '대화형 제목'을 분석해 보았다. 인기 있는 작품의 제목은 대체로 '고백하는 말'이나 '거절하는 말'이었는데, "여기까지 해요.", "그럼 우린 뭐예요?", "오늘부터 만나요?" 하는 것들이다. 드라마로 치면 최고의 1분 같은 명장면인 순간이니 소설을 보던 사람이라면 내용이 궁금해 얼른 클릭할 것이고, 소설을 보지 않던 사람들 역시 궁금함이 생겨 클릭할 가능성을 높여 주는 제목이다.

이 외에도 자극적인 제목으로 독자를 유입하는 방법도 있지만, 불쾌감을 느낄 정도로 자극적이라면 되레 역효과를 낳는다.

앞서 말한 두 가지 특성 모두 독자에게 "이건 이런 내용의 소설이에요, 주인공은 이런 성격이에요."라고 말하는 '대놓고 말하기' 방법이다. 대놓고 말하니 다소 부끄럽다고? 기꺼이 감안하자! 누군가는 그랬다. 웹소설 제목은 남에게 말하기 부끄러운 제목일수록 훌륭한 제목이라고! 간단한 제목으로 줄거리를 드러내는 것도 상당한 내공이 필요하다.

김작가의 Point!

❶ 제목은 줄거리가 잘 드러나도록 직관적이고 소재가 보이게 짓는다.

❷ 연재 시 회차별 제목은 주인공의 대화를 그대로 옮겨 적는 대화체로 쓸 수 있다.

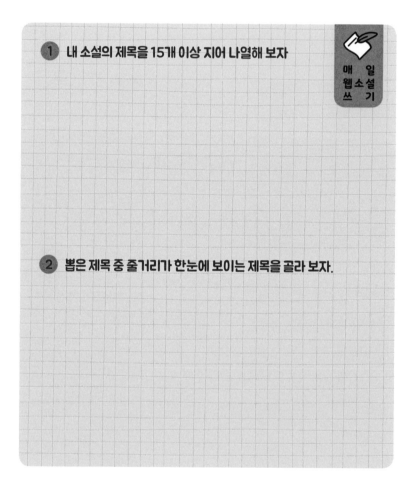

1 내 소설의 제목을 15개 이상 지어 나열해 보자

매일
웹소설
쓰기

2 뽑은 제목 중 줄거리가 한눈에 보이는 제목을 골라 보자.

02

가독성은 어떻게?

빠져든다!
술술~읽히잖아!

잘 읽히게 쓰는 법

웹소설에서 가장 중요한 게 가독성이라고 해도 과언은 아니다. 가독성은 왜 중요한가?

바로 '빨리빨리'라는 웹소설의 특성 때문이다. 웹소설은 말 그대로 머리를 식히기 위해 '힐링타임' 또는 '킬링타임'용으로 보는 경우가 많다. 그런 웹소설을 굳이 주의 깊게 한 문장, 한 문장 감미하며 읽으려고 할까? 절대 아니다. 빠르게 슥슥 넘기며 어떤 사람들은 지문은 읽지도 않고 주인공의 대사만 읽는 사람도 있다. 그렇기 때문에 웹소설에서의 가독성은 거의 '인기'와 직결되는 중요한 사항이다.

웹소설에서 '가독성 있게' 쓰려면 어떻게 해야 할까? 첫 번째로 지켜야 할 것은 바로 단문이다. 대부분의 사람들은 웹소설을 스마트폰으로 읽는다. 이 점을 주목해야 한다. 스마트폰 화면이 아무리 크다 할지라도 화면으로 볼 때 문장이 3줄 이상 길어지면 읽지 않고 넘기는 사람이 많다. 그렇게 몇 문장 넘기다가 무슨 말인지 모르는 순간이 오면? 가차 없이 '뒤로 가기'를 눌러버린다. 가독성에서 실패하면 줄거리가 아무리 뛰어나도 금세 독자에게 외면 받기 마련이다.

<u>무조건 짧게 쓰면 가독성이 생길까?</u> 물론 이는 플랫폼과 뷰어마다 차이가 있다. <u>잘 모르겠다면 내가 연재할 연재처의 '스타일'을 따라 해 보자.</u> 여기서 스타일이란, 문체 같은 걸 말하는 게 아니다. 자신이 연재를 원하는 사이트도 괜찮고, 단행본도 괜찮다. 순위권에 있는 몇 개 웹소설의 지문과 대사의 양을 살펴보자. 보편적으로 전자책 단행본에선 '지문'이 많고, 연재 플랫폼에는 '대사'가 많은 편이다. 실제로 유명 사이트에 정식 연재할 경우, 지문이 많으면 작가에게 지문을 삭제하고 대사를 더 넣어달라고 요구하기도 한다.

<u>한 마디로 가독성이란, 언제 어디서나 잘 읽히는 글이다. 그것만 기억하고 글을 써도 웹소설의 기본을 지키는 셈이다.</u>

 김작가의 **Point!**

❶ 웹소설에서 가장 중요한 것은 가독성이다!
❷ 가독성을 위해 지켜야 할 것은 바로 단문이다!
❸ 감이 안 온다면 연재처나 단행본의 지문과 대사 양을 파악한다.

① **아래 문장 중 긴 문장을 두 문장으로 잘라,
간결하게 다시 써 보자.**

Tip! 서술어가 2개인 문장, 두 줄 넘어가는 문장을 유심히 봐라.

㉠ 횡단보도의 하얀 선을 밟고 지나가는 사람들을 노려보다시피
바라보고 있는데, 때마침 한 사람이 눈에 들어왔다. 내가 아는 사람이
맞나 싶어 파도처럼 밀려드는 사람들 사이로 온 몸을 던졌는데 그 사람은
군중 속으로 사라졌고 신호등은 빨갛게 변했다.

㉡ 책상에 수두룩하게 놓여 있는 서류를 한 손에 쥐었다가 바닥으로
던져버리는 순간, 학생 한 명이 연구실 문을 열었다. 당황한 교수와 문을
막 연 학생 사이엔 잠깐의 침묵이 흘렀고, 어찌할 바를 모르던 학생은
조심스레 문을 도로 닫았는데 교수는 찜찜한 마음을 지울 수 없었다.

② **내가 쓴 문장 중 긴 문장이 있다면 단문으로 바꾸고,
어떤 게 잘 읽히는지 비교해 보자.**

03

묘사가 필요 없다고?

얼굴이 홍시처럼 빨개진
그가 또 외쳤다!

위하여~!

상황에 맞는 묘사

일반적으로 웹소설은 문학 소설만큼의 묘사가 필요하지 않다. 앞 단원에서 언급했듯 가독성이 더 중요하기 때문이다. 웹소설 중에도 문장과 묘사가 좋은 소설이 많지만, 눈에 띄게 훌륭한 소설을 본 적은 없을 것이다. 문장이 아무리 훌륭해도 읽는데 오래 걸린다면 그 문장은 독자에게 '읽히지' 않는다. 대부분의 웹소설 독자들은 묘사나 문장력을 보기 전에 스토리와 구성을 먼저 본다. 아무리 묘사나 문장력이 뛰어나도 웹소설에선 그것만으로 플러스 요인이 될 수 없다는 말이다. 그렇다면 웹소설에선 묘사가 전혀 쓰이지 않는 걸까? 웹소설상에서 묘사란 무엇일까?

바로 연상은 될 수 있으나 비교적 단순한 묘사이다. 예를 들어 이런 문장이 있다.

'그가 앞에 서는 순간, 바람이 세게 불어 꽃잎이 두 사람 사이에 내려앉았다. 그녀의 소매가 살랑거렸다.'

이 문장에서 묘사를 길게 해 보자.

'그가 앞에 서는 순간, 세상의 모든 소란이 두 사람 앞에서 잠든 듯 바람만이 두 사람을 흔들었다. 하늘에 눈처럼 흩뿌려지는 꽃잎들이 두 사람 사이를 축복하듯 내려왔다. 꽃잎들은 보슬비처럼 사뿐히 바닥을 적시듯 내려앉았다. 그녀의 소매가 설레는 마음만큼 덩달아 살랑거렸다.'

일반 소설이라면 전혀 문제없고 오히려 예쁜 문장이라고 할 수 있다. 문제는 앞에서도 말한 가독성이다. 묘사가 길어지니 두 사람은 서 있기만 했는데 벌써 세 줄을 잡아먹었다. 미사여구가 가득하니 글자들이 한눈에 들어오지 않고 가독성이 떨어진다. 웹소설엔 이런 긴 묘사는 거의 없을 뿐더러 있다고 한들 독자는 자세히 읽지 않고 넘긴다. 독자는 예쁜 문장을 읽고 싶은 게 아니라, 재밌는 이야기를 읽고 싶기 때문이다.

다음 예시를 하나 더 보자.

'그가 공처럼 몸을 웅크려 서랍 뒤에 숨었다. 입술은 검푸르게 질렸고, 겁먹은 아이처럼 입술 끝이 파르르 떨렸다. 창밖으로 들어오는 스산한 달빛이 서서히 그의 발끝을 악랄한 음모처럼 비춰 왔다.

그는 고개를 무릎 사이로 푹 묻고 소리에만 집중하느라 그 사실을 전혀 모르고 있었다.'

'그가 서랍 뒤에 숨었다. 입술이 파르르 떨렸다. 그의 발끝이 서랍 옆으로 조금 나와 있었지만, 그는 공포에 질려 전혀 눈치 채지 못 했다.'

위의 두 문장은 같은 상황이다. 긴 묘사가 들어간 첫 번째 장문은 분 위기나 긴장감을 더 잘 조성한다. 하지만 결국 독자에게 읽히지 않 는다면 그 문장은 의미가 없다. 거듭 강조하지만, 웹소설에서 1순위 는 바로 가독성이다. 그렇다면 묘사는 무조건 다 빼야 할까? 꼭 그렇 진 않다. 다만 묘사를 넣고 싶다면 짧고 간결하게 넣자.

 김작가의 **Point!**

❶ 웹소설에서 묘사는 1순위가 아니다. 1순위는 가독성이다!
❷ 묘사를 꼭 넣고 싶을 땐 짧고 간결하게 넣는다.

★ 다음 문장을 짧고 간결하게 고쳐 보자.

tip! 긴 문장은 두 문장으로 나누자. 묘사가 많은 부분은 지우자.

㉠ 여자는 추운지 주먹 쥔 손을 주머니에 구겨 넣었는데, 그 주머니가
언덕처럼 볼록 튀어나왔다. 여자의 머리카락이 눈발과 함께 깃발처럼
휘날렸다. 여자는 미간을 좁히며 고개를 옆으로 돌리곤 바람을 가로지르며
앞을 향해 걸었다. 설상가상 그녀가 걷는 발아래는 스케이트장 반
크기만큼의 커다란 얼음 웅덩이가 펼쳐졌고, 여자는 더 나아갈 수가
없었다.

㉡ 벤치에 앉아 있던 남자는 고개를 숙이고 있었고, 그의 눈에선 덜 잠긴
수도꼭지마냥 눈물이 똑, 똑, 간헐적으로 떨어졌다. 남자의 입술이 죽은
사람처럼 새파랗게 질려 있었고, 아랫입술은 부르르 떨리기도 했다.

04

대세는 3+1 혼합형 시점!

웹소설을 시작하기 전, 백지 화면 앞에서 늘 첫 번째로 하는 고민은 바로 이것이다. 시점!

국어시간에 배웠던 기본 시점으로 1인칭과 2인칭, 3인칭 관찰자 시점, 전지적 작가 시점 등이 있는데, 웹소설에서 주로 쓰이는 것은 1인칭과 3인칭이다. 예전엔 1인칭 소설이 유행했으나 요즘엔 대부분 3인칭 시점으로 쓴다. 그렇다면 1인칭과 3인칭의 차이점은 뭘까?

우선 3인칭 문장의 예를 보자.

'희진이 민혁에게 다가와 그의 가슴팍에 자연스레 손을 얹었다. 마치 내 것이라고 점찍어 놓는 듯 희진이 은근히 기고만장한 눈빛으로 주변 여자들을 흘겼다.'

인물의 행동을 따라가는 걸 우리는 보통 3인칭이라고 하는데, 요즘 웹소설에서는 3인칭과 1인칭을 혼합한 '혼합형 문장'을 많이 쓴다.

3+1 혼합형으로 위의 지문을 다시 쓰면 이렇다.

'희진이 민혁에게 다가와 그의 가슴팍에 자연스레 손을 얹었다. 마치 내 것이라고 점찍어 놓는듯 희진이 은근히 기고만장한 눈빛으로 주변 여자들을 흘겼다.
잘 봐, 이 사람 내 남자야.'

맨 아랫줄에 대뜸 희진의 속마음이 나오는데, 이런 식으로 3인칭에 인물의 속마음을 1인칭 형식으로 드러내는 게 바로 혼합형이다. 문장 자체는 3인칭으로 진행되기 때문에 꼭 한 사람의 속마음만 나오지 않고, 때에 따라 다른 인물의 속마음이 드러나기도 한다. 예를 들어 이 상황에서 민혁의 속마음을 아래처럼 드러낼 수 있는데, 이땐 민혁의 행동을 마지막에 써야 한다.

'희진이 민혁에게 다가와 그의 가슴팍에 자연스레 손을 얹었다. 마치 내 것이라고 점찍어 놓는듯 희진이 은근히 기고만장한 눈빛으로 주변 여자들을 흘겼다. 민혁은 그런 희진을 의아하게 바라봤다.
갑자기 왜 이러지?'

현재 3+1 혼합형 시점이 많이 쓰이는 데는 이유가 있다. 1인칭과 3인칭의 장점을 모두 가져오기 위해서이다. 10년 전만 해도 1인칭 시점으로 된 웹소설이 대부분이었고, 당시엔 3인칭이 드물었다. 왜 그때 1인칭 시점이 쓰였을까? 1인칭 시점으로 인해 주인공이 '내'가 되면 그만큼 몰입도가 높아지기 때문이다. 몰입도가 높아지면 '대리만족'도 높아지기 때문에 1인칭을 많이 선호했다. 쉬운 설명을 위해 위 문장을 1인칭 시점으로 바꿔 보겠다.

'나는 민혁에게 다가가 그의 가슴팍에 자연스레 손을 얹었다. 마치 내 것이라고 점찍어 놓는듯 일부러 기고만장한 눈빛으로 주변 여자들을 흘겼다.'

3인칭 문장과 1인칭 문장의 차이점은 바로 '주어'와 '인물의 시야'이다. 3인칭 시점에서 '희진'이었던 주어가 1인칭 시점인 '나'로 바뀌었고, '나의 마음'이 담겨 있으니 3인칭 시점을 바라봤을 땐 '은근히 기고만장한 눈빛'이었던 것이 '일부러 기고만장한 눈빛'으로 바뀌었다. 주어와 인물의 시야, 이 두 가지가 달라졌을 때 얻을 수 있는 건 바로 '몰입도'이다.

대리만족을 원하는 웹소설인데 왜 몰입도가 좋은 1인칭보다 3인칭을 선호하게 되었을까? 1인칭은 몰입도가 높은 대신 주인공 시점에서만 모든 상황을 설명해야 하는 단점이 있다. 한 마디로 시야가 답답하다. 앞서 3인칭 서술과 달리 1인칭은 희진이 고의적으로 그의 가슴팍에 손을 얹은 사실을 알 수 있는 반면, 민혁의 의아한 얼굴을 눈치 채지 못할 수 있다. 주인공의 마음은 누구보다 잘 나타나겠으나, 주변 인물들은 주인공의 눈을 통해서만 읽을 수 있으니 미처 짚고 넘어가지 못하는 부분이 많다.

1인칭 시점 소설들은 점차 3인칭으로 바뀌어 갔다. 3인칭은 주인공 시야를 벗어나 주연급 조연들까지 모두의 속마음을 드러낼 수 있고, 한 번에 여러 장면을 보여 줄 수 있는 장점이 있다.

예를 들어 악역이 음모를 꾸미고 있는 장면이 있다고 가정하자.(1인칭 시점에선 이 또한 주인공 시점이 아니기에 보여 줄 수 없다.) 독자들은 안달이 난다. 대체 무슨 일이 벌어지려는 거지? 주인공이 이 바쁜 와중에 뭘 하고 있는지 궁금하다. 이때 3인칭의 경우 장면을 전환해 주면 끝난다. 누군가 음모를 꾸미고 있는 그 시각, 주인공은 해맑은 시간들을 보내고 있음을 보여 주면 독자의 불안이 증폭되어 더 큰 긴장감을 줄 수 있다. 이처럼 3인칭은 다양한 시각을 가질 수 있기 때문에 음모나 위험, 복선을 마음껏 넣을 수 있고, 시간의 흐름과 동시에 사건을 진행시킬 수 있어 1인칭에 비해 스토리 진행이 다소 편하다. 대신 장면 전환이 잦고 너무 여러 인물들 시점에서 이야기를 진행하면 몰입도가 떨어진다.

그래서 현재 발전된 웹소설 스타일이 바로 3+1 혼합형이다. 3인칭으로 서술하되 중간 중간 1인칭 속마음을 넣는 것이다. 현재는 혼합형 서술을 추천하지만, 글에는 정답이 없으니 장단점을 따져 보고 쓰길 바란다. 예를 들어 '시한부 인생을 사는 한 여자의 이야기'인 경우엔 3인칭보단 1인칭이 더 절절하게 와 닿는다. '점차 유명해지는 연예인 이야기'나 '전쟁 이야기'는 주변 인물이나 행동이 중요하기 때문에 시야가 좁은 1인칭보단 3인칭이 더 잘 맞는다.

 김작가의 Point!

❶ 웹소설 시점의 유행은 1인칭 → 3인칭 → 3+1인칭으로 변하고 있다.
❷ 1인칭은 몰입도가 있다는 장점이, 시야가 좁다는 단점이 있다.
❸ 3인칭은 몰입도가 떨어지는 반면 시야가 넓어 스토리 진행이 편다는 장점이 있다.
❹ 현재는 3+1 혼합형 시점을 많이 쓰지만, 자신의 소설에 맞는 시점이 무엇인지 따져 보고 선택한다.

1 내가 쓴 소설의 한 장면을 1인칭 시점으로 써 보자.

2 같은 장면을 3인칭 시점으로 바꿔 보자.

3 3인칭 시점에 인물의 속마음을 넣어, 3+1 혼합형으로 바꿔 보자.

4 세 가지 유형 중 내 소설과 잘 어울리고, 나에게 편한 스타일을
선택하자.

05

목적 없는 장면은 없다

얼른씻고자야지..

이 장면을 통해 얻는 건?

가끔 스토리 진행과 관련 없는 장면을 오롯이 분량을 늘리기 위해서, 쉬어가는 의미로 넣는 작가들이 있다. 일명 목적 없이 '분량 채우기'를 할 경우 독자는 이를 귀신 같이 눈치 챈다. 물론 소설에서 강약 조절은 필요하다. 매번 사건이 터지면 독자도 피곤하니 한 곳에선 잔잔한 장면의 흐름이 있어야 좋다. 하지만 잔잔한 흐름에도 '목적'이 있어야 한다. 스토리 흐름상 이야깃거리가 빵빵 터질 땐 벌어지는 에피소드 자체가 '목적'이기 때문에 목적을 파악하려는 시도를 안 해도 되지만, 쉬어가는 느낌의 잔잔한 장면이라면 그 장면의 '목적'을 반드시 염두하고 써야 지루하지 않다. 한 가지 예를 보자. 아래는 헤어진 두 사람이 카페에서 오랜만에 만난 상황이다.

"밥 먹었어?"

"응."

둘 사이에는 불편한 침묵이 일었다. 남자는 애써 입을 열었다.

"벌써 봄이네."

"그러게."

"뭐 시킬래?"

남자가 애써 대화를 이어가는 모습과 형식적인 질문에 단답으로 대
답하는 여자의 대화에서 두 사람의 어색한 분위기를 예측할 수 있
다. 그렇다면 이 장면의 목적은 뭘까? 큰 목적과 작은 목적 두 가지
로 나눌 수 있다. 위의 경우 '어색한 공기 속에서 대화하는 두 사람'
은 작은 목적, '재회할까?'가 큰 목적이다. 이때 목적이 클수록 장면
의 재미도 커진다는 걸 알아두자. 즉, 큰 목적 없이 어색한 대화만 나
누는 사람들을 보여 줬다면 지루한 대화의 연속일 것이다. 큰 목적
이 있기 때문에 대화가 진행되는 동안 독자는 '두 사람이 재회할지
아닐지, 한다면 어떻게 할지'가 궁금해진다. 큰 목적이 있기 때문에
소설의 진행에 '필요한 장면'이 되는 것이다. 한 가지 예를 더 보자.

"아까부터 말투가 왜 그래?"

"내가 뭘?"

"봐, 이러니까 내가 너랑 별거를 하려는 거야."

"너는 별거가 애들 장난이야?"

두 주인공이 갑자기 말다툼하기 시작한다. 이 장면의 목적을 큰 목
적과 작은 목적으로 나눠 보자. 작은 목적은 '두 주인공이 싸우는

것', 큰 목적은 '두 사람은 별거를 할까?'가 된다.

이처럼 인물이 만났을 때 '결과'로 이어지는 분명한 목적이 있어야
그 장면이 아무리 잔잔할지라도 지루하지 않다. 사건이 터지지 않아
도 괜찮다. 인물과 인물이 만났을 땐 '목적'을 만들자!

 김작가의 Point!

❶ 소설에도 강약 조절이 필요하다. 매번 사건이 터질 필요는 없다.
❷ 인물의 행동에 큰 목적이 있어야 잔잔한 장면도 지루하지 않다.
❸ 큰 목적이란 '결과'로 이어진다.

1 내가 쓴 장면 중 겉으로 목적이 크게 드러나지 않는
장면을 찾아보자.

2 장면의 목적을 큰 목적과 작은 목적으로 나눠 보자.

tip! 인물끼리 왜 만났는지? 인물들은 뭘 하고 있을까?
인물들의 언행이 향하는 '결과'가 무엇일까?

119

06

대사 쓸 때 이건 조심해!

대사 속에 캐릭터 있다

사람도 자주 쓰는 언어로 인품이 드러나듯이 캐릭터는 지문보다 대사에 더 많이 드러난다. 아무리 지문에서 인물을 '이 사람은 착하고, 성실한 사람이며 심성이 곱다.'라고 서술했더라도 "야. 꺼져 줄래?"가 인물의 대사라면 앞의 지문은 독자에게 깡그리 잊힌다. 웹소설 독자 중엔 지문은 읽지 않고 대사만 읽는 사람도 있을 정도로 대사가 중요하다. 캐릭터의 성격을 명확하게 정하고, 말투를 정했다면 아래 사항들을 조심하여 쓴다.

1 어미를 끝까지 써라

"여기까지인 걸로."
"내가 너한테 그것 밖에 안 되는 ㅅ….."
"그만."

이 대화에서 어미가 끝까지 쓰인 대사가 없다. 요즘 드라마에서 어미를 끝까지 쓰지 않는 말투가 멋진 남자의 정석처럼 사용되는데, 오히려 어미를 제대로 쓰지 않으면 그 캐릭터의 특징이 흐릿해진다. 한 번 아래 대화를 비교해 보자.

어미 끝을 흐린 경우

"너 저번에도 내가 어렵게 구한 애들 다 잘랐잖아. 이런 일이 한두 번도 아니고…."

"언제부터 그렇게 신경 썼어? 그러게, 처음부터 끈기 있는 애들 뽑았으면 좋았잖아! 기본 마인드도 안 된 애들 데리고 방송을 어떻게 들어가라고…. 펑크 나면 누가 책임질래!"

"말은 바로 해라. 지난번 네가 깐 작가는 그 유명한 최 작가 밑에서 일했는데. 걔가 기본이 안 됐겠니? 근데 넌 계속 싫다고 하니까…."

어미를 끝까지 쓴 경우

"너 저번에도 내가 어렵게 구한 애들 다 잘랐잖아. 이런 일이 한두 번이야?"

"언제부터 그렇게 신경 썼어? 그러게, 처음부터 끈기 있는 애들을 뽑았으면 좋았잖아! 그럼 기본 마인드도 안 된 애들을 데리고 방송 들어가? 펑크 나면 누가 책임질래!"

"말은 바로 해라. 지난번에 네가 깐 작가는 그 유명한 최 작가 밑에서 일했어! 걔가 기본이 안 됐겠니? 근데 넌 싫다더라!"

이처럼 어미 끝을 흐린 경우엔 캐릭터의 성격이 두드러지지 않을 뿐더러 장면 자체 내의 긴장도도 떨어진다. 물론 모든 어미를 다 쓰고 끝맺음해야 하는 건 아니지만, 만일 캐릭터를 확실히 정했는데, 글에서 캐릭터가 드러나지 않을 땐 어미를 확인해 보자.

🐱 2 문장 부호를 신경 써라

쓴 글을 쭉 읽다 보면 가끔 정돈되지 않은 느낌을 받을 때가 있다. 대사나 지문에도 전혀 문제가 없다. 그럴 땐 내가 말줄임표나 쉼표를 많이 쓰지 않았는지 확인해 보자. 쉼표는 문장을 끊어 읽게끔 하기 때문에 적재적소에 넣으면 좋지만, 말줄임표는 되도록 안 쓰는 게 좋다. 또한 말줄임표는 말꼬리를 흐릴 때만 사용하지 않는다. 뜸 들이며 말하거나 망설임을 보이는 대사에 "…그래서.", "…아니야."처럼 간혹 대사 앞에 쓰기도 하는데 이 경우에도 말줄임표 대신 지문을 쓸 수 있다. 어쩔 수 없는 경우엔 사용해도 무방하지만 말줄임표 대신 '그녀가 머뭇거리다 말했다.', '그가 망설이다가 말했다.' 등 지문으로 대체 가능하다면 되도록 지문으로 분위기를 표현하자. 말줄임표는 되도록 줄여야 전체 원고가 깔끔하다.

김작가의 **Point!**

❶ 캐릭터가 확실히 정해졌다면 어미는 되도록 끝까지 쓴다.
❷ 말줄임표는 꼭 필요한 상황이 아니라면 쓰지 않는 게 좋다.

① **다음 문장에서 말줄임표를 되도록 생략해 보자.**

tip! 말줄임표는 지문으로 대체하거나 어미를 끝까지 쓰자!

㉠ "…네가 그렇게 생각한다면 말리진 않을게.

그래도 잘 생각하는 게…. 그동안 우리끼리 버텨 온

세월이 있는데 퇴사를 성급히 결정하는 건 아닌 것 같고….

분명 나중에 너도 후회하게 될 텐데…."

㉡ "…그래. 어쩔 수 없는 선택이었어."

"그렇게 이기적인 말이 어딨냐? 어쩔 수 없었다는 변명은 집어 치워.

고작 돈 때문에 한순간에 친구를 배신하고 도망이나 가고… 이렇게

살려고 그랬냐? 집 안 꼬라지가…."

"…할 말이 없다."

"…학창 시절부터 우리 15년이다. 그 시절이 얼마나 우스워졌냐. 대체

이게 뭐냐고."

"…미안해."

"하…. 내가 이런 꼴 보려고 널 찾은 게 아닌데…."

07

절단신공은 이렇게!

회차마다 궁금한 스토리

연재할 때 스토리만큼 중요한 건 바로 '절단신공'이다. 보통 웹소설 독자들이 '회차의 마지막을 기가 막히게 잘 끊는 작가'를 이렇게 부른다. 절단신공 고수인 작가는 독자들이 다음 편을 결제하게 하고, 다음 회차를 목 빠져라 기다리게 만든다. 작가가 이 호칭을 한 번이라도 듣는다면 그건 엄청난 칭찬이다.

웹소설의 전체 스토리에도 기본적인 '기승전결'이 있다. 그렇기에 어떤 회차는 조금 지루하기도 하고, 전개가 느리거나 답답한 부분이 있을 수 있다. 앞서 말한 '스낵컬처(Snack Culture)' 특징을 가진 웹소설 독자들은 이를 무척 힘들어한다. 만일 한 회라도 고구마 전개가 있거나 인물의 앞날이 캄캄하다면 "하차하겠습니다." 같은 댓글이 달리기도 한다. 그렇기에 지루한 내용에도 독자를 다음 회차로 끌어와야 하는데, 이때 필요한 게 바로 '궁금한 마지막 장면'이다. '얼마나 잘 끊느냐'는 '다음 회차에 얼마나 독자를 끌어오는가'와 같다. 그렇다면 절단신공을 발휘하는 방법으론 뭐가 있을까?

🐱 1 반전을주자

'기승전결'을 쉽게 말해 소설의 기본 구성인 '발단-전개-위기-절정-결말'이라고 치자.

전체 스토리로 봤을 때, 이번 회차가 '위기'에 해당한다고 해서 이야기 내내 주인공이 위험에 처한 상황만 보여 준다거나, '전개'에 해당한다고 두 남녀의 알콩달콩한 모습만 보여 준다고 생각해 보자. 처음엔 흐뭇할지 몰라도 끝날 때 다음 편이 궁금하지는 않다.

자, 그럼 이렇게 바꿔 보자. 주인공이 위험에 처해 악당에게 내내 당하다가 마지막에 구세주가 등장하며 끝이 난다. 한 회차 내내 고구마 전개였으나, 마지막 구세주의 등장으로 독자는 다음 편의 '사이다 전개'를 기대한다. 또 알콩달콩한 두 남녀 앞에 여자의 전 남자친구와 마주치며 끝난다고 가정해 보자. 이번엔 반대로 내내 흐뭇했으나, 다음 편에 어떤 불화가 닥칠지 불안하고 궁금하다.

🐱 2 복선을깔자

앞서 반전이 큰 사건의 하이라이트 영상이라면, 복선은 15초짜리 짧은 예고편이다. 스토리 진행상 한 회차 내내 고구마 전개를 해야 하고, 도저히 '해결되는 과정'이 들어갈 수 없다면 적어도 '해결될 희망'

을 복선으로 주고 끝내는 것도 방법이다. 예를 들어 결코 해결할 수 없을 것 같은 사건이 연속으로 터지는데 주인공이 무언가를 깨닫는 장면으로 끝맺거나, 악역이 당하기만 해서 안심하던 찰나에 악역이 미소 지으며 어떤 물건을 흘리고 가는 장면을 보여 주는 것이다.

🐱 3 독자가 보고 싶어 하는 장면을 다음 편으로 빼라

자신의 소설에서 독자가 가장 보고 싶어 하는 장면이 무엇일지 생각해 보자. 예상했다면 자신이 상상한 그 장면을 다음 회차로 넘기는 방법이다. 독자라면 누구나 보고 싶어 하는 장면이 있다. 예를 들어 문제를 멋지게 해결하는 장면, 조력자와 케미 좋게 협력하는 장면, 또는 남녀의 설레는 스킨십 장면 등이다. 내가 독자라면 어떤 장면을 보고 싶을까? 독자가 원하는 장면 바로 직전에 자르는 것! 그게 바로 이야기를 끊어야 할 타이밍이다.

절단신공을 잘하려면 '독자의 호기심을 어떻게 자극할 것인가'를 중점적으로 생각하자. 그렇다고 절단신공을 위해 독자를 농락하는 건 상당히 조심해야 할 스킬이다. 예를 들어 남녀 주인공이 키스하기 직전에 끊고, 다음 회차에 '상상이었다.'고 얼버무린다면 독자는 큰 배신감을 느낄 것이다.

김작가의 **Point!**

❶ 웹소설에서 절단신공이 중요한 건 '다음 회차로 독자를 끌어오는 힘'이기 때문이다.

❷ 절단신공 방법으로 반전 주기, 복선 깔기, 독자가 원하는 장면 다음 편으로 빼기가 있다.

❸ 과도한 욕심으로 인해 독자를 농락하는 절단신공 기술은 피하자.

매 일
웹 소 설
쓰 기

1 내가 재밌게 본 웹툰이나 웹소설의 마지막 장면이
어떤 유형인지 분석하자.

2 내 소설의 마지막 장면이 충분히
'다음 회차로 넘어갈 만큼 호기심을 자극하는지' 고민해 보자.

08

댓글과 관작수가 진짜?
아니, 연독률!

재미가있으면
계속해서 보게 되지!

내 글을 '진짜' 읽는
독자는 몇 명?

조회수란 말 그대로 클릭하는 숫자이고, 관작수(관심 작품수)는 유튜브로 치면 '구독' 버튼 정도라고 생각하면 된다. 관작을 등록하면 작가가 새로운 작품을 올렸을 때 독자에게 알림을 울리게 하는 기능이다. 독자가 다음 편이 기다려진다면 누른다는 그것!

어떤 작품에는 열혈 독자가 열렬한 사랑의 댓글을 달아 주고, 어떤 댓글은 악플임에도 그 관심이 부럽다. 작가에게 가장 무서운 것은 바로 무플이기 때문이다! 작가에게 독자의 무관심보다 더 쓸쓸한 것은 없다. 그러나 댓글은 없어도 괜찮다. 관작수 역시 없어도 괜찮다.

가장 중요한 것은 조회수, 그에 따른 연독률이다! 연독률이 무엇일까? 간단하게 설명하면 연독률은 '실시간으로 따라오는 독자의 수'이다. 좀 더 쉬운 설명을 위해 오른쪽 표를 보자.

회차	조회수
35회차	3,477
34회차	4,350
33회차	4,466
32회차	4,701
31회차	5,110

일일 연재 기준으로 이렇게 조회수가 나온다고 가정해 보자. 현재 몇 명의 독자들이 따라오는 것 같은가? 31회차에는 조회수가 약 5,000명이고, 마지막 조회수가 약 3,500명이지만, 중간 회차를 봤을 때 쭉 따라오는 독자의 수는 대략 4,000명 정도이다. 그러므로 평균 연독률은 4,000명이다!

한 마디로 연독률은 '독자가 얼마나 내 소설을 꾸준히 읽고 있는가?'이다. 연독률이 떨어지는 시점이나 조회수가 꾸준한 시점 등을 분석하면 어떤 스토리에서, 어느 부분에서 독자가 떨어져 나갔는지 알 수 있기 때문에 내가 할 것과 하지 말아야 할 것이 눈에 보인다.

댓글과 관작수는 개인의 취향이 강하고, 한 개의 댓글이 4,000명을 대변하는 게 아니기 때문에 댓글과 관작수보다는 조회수와 연독률에 주목하자!

 김작가의 Point!

❶ 댓글과 관작수보다 연독률이 중요하다!
❷ 연독률이 떨어지는 시점을 분석하면 내가 하지 말아야 할 것이 눈에 보인다.

글럼프가 왔다면?

'글럼프'를 아는가? '슬럼프 + 글'의 합성어가 바로 '글럼프'이다.

우리가 사용하는 슬럼프(Slump)란 단어는 체육 용어이다. 활동이 부진하거나 소침해지고, 연습 기간 동안 효과가 나타나지 않아 의욕을 상실할 때 이 단어를 쓴다. 현재 우리는 무기력함의 다른 말로 '슬럼프'라고 한다.

위의 정의를 바꿔 말해 보자. 글 쓰는 게 부진하거나 글존감(글+자존감)이 떨어지고, 글의 조회수나 관작수가 늘어나지 않아 의욕을 상실하는 때를 말할 수 있겠다. 글을 쓰다 보면 이런 순간은 당연히 온다. 모든 일이 그렇듯 그럴 때일수록 마음을 비워야 하는데, 글럼프가 왔을 때 극복하는 방법을 몇 가지 소개하겠다.

❶ 생각이 과해! 머리 비우기

말 그대로 머리 비우기이다. 콘텐츠가 없다면 콘텐츠를 흡수해야 한다. 영감을 받는 곳은 어디인가? 책이 될 수도 있지만, '웹소설 쓰느라 글자는 지긋지긋 하다!'라고 한다면 영화나 드라마 같은 영상물로 머리를 비우는 것이 좋다. 웹툰 같은 만화도 괜찮다. 글자를 보는 것보단 그림을 보는 편이 훨씬 도움이 된다. '다른 웹소설을 봐도 되지 않나요?' 할 수도 있지만, 다른 웹소설을 보다 보면 내 웹소설과 비교하게 되고 오히려 우울을 불러온다. 우선, 머리를 비울 것!

❷ 설정이 부족해! 내 소설 검토하기

소설이 끝끝내 안 풀린다면 그건 설정 오류거나 캐릭터가 잘 안 잡혀서일 경우가 많다. 앞에서 설정한 내용이 뒤에서 은근슬쩍 바뀌어 수습이 안 된다거나 특별한 동기 없이 주인공의 행동이 이전과 갑자기 달라진다거나, 처음 내용과 현재 쓰려는 내용이 일맥상통하지 않아 이질감을 느낀다면 그럴 땐 내 소설을 독자 입장에서 처음부터 다시 정독하는 게 좋다. 최대한 객관적으로 말이다.(물론 그렇다고 한들 완벽히 객관적일 순 없겠지만!) 정독해도 모르겠다면 회차별 줄거리를 정리해 보는 것도 좋은 방법이다. 그런데도 '내 소설엔 정말 오류가 없다!' 한다면 다음 방법을 써 보자.

③ 에피소드가 부족해! 에피소드 만들기

만일 분량을 80회로 잡았는데, 20회 만에 계획했던 2분의 1정도의 스토리가 나왔다면? 또 다른 '사건'을 구상해야 한다. 이 '사건'이란 대체로 주인공에게 위험한 장애물을 던져 주고, 주인공의 감정선을 따라 인물이 행동하게 만들면 그대로 주변 인물까지 함께 이야기가 흘러가기 마련이다. 주인공에게 '위험'을 불어넣거나 주인공이 영향을 받을 만한 인물에게 이야기를 입혀 보자.

④ 내 글 구려! '내 글 구려병' 퇴치하기

가끔 "내 글 너무 구려!" 하며 수정만 한 달을 넘게 하는 지망생이 있다. 이 책을 읽고 있다면 웹소설 분야가 처음이거나 이제 막 글을 쓰고 싶은 사람일 것이다. 아무리 쉬워 보이는 글이어도 그 안엔 나름의 노고가 담겨 있는 법! '다른 사람들은 쉽고 재밌게 잘 쓰는데 내 글은 어렵고 잘 안 읽힌다?' 이제 막 시작한 사람에게 너무나도 당연한 증상이다. 처음 시작하는 사람들은 우선 쓰는 게 가장 중요하다. 내 글을 혼자만 보고 수정에 수정을 거듭하지 말고, 독자에게 혹은 기성 작가에게 물어 보자. 그들이 괜찮다고 하면 더 이상 생각하지 말자. 계속해서 내 글에 트집 잡는 건 좋지 않다. 세상에 완벽한 글은 없다는 생각으로 넘어가는 용기도 필요하다.

⑤ 글존감이 부족해! 실수해도 괜찮아, 노력한다면!

'내가 이 글을 쓸 수 있을까? 조회수가 너무 안 나오는데, 그냥 내 글이 재미없는 건 아닐까? 인기가 많아졌는데 독자 기대에 부응 못하면 어쩌지? 혹시 내 글에 오류가 생겨서 지적받으면 어쩌지?'

글에 자신감이 없으면 온갖 '불안'을 기반으로 한 부정적인 생각이 든다. 그럴 땐 다른 걱정은 다 접고 그냥 쓰자!

독자가 떨어져 나갈 것 같다면 시장을 그만큼 분석하며 원인을 찾고, 인기가 많아졌으나 독자의 기대에 부응하지 못할 것 같다면 더 열심히 퇴고하자. 글에 오류를 걸러내고 걸러냈음에도 오류가 생겨서 창피를 당했다면 겸허하게 받아들이고 다시는 같은 실수를 반복하지 않으면 된다.

지나간 일은 되돌릴 수 없다. 결국 '글존감'을 높이고 싶다면 후회할 시간에 만족할 때까지 노력할 수밖에! 모든 자존감의 해결책은 바로 노력이다. 누구에게 지적을 받더라도 흔들리지 않는 '자신'을 만들려면 스스로 납득할 만큼 노력하면 된다.

내가
살아남을
수 있을까?

겁내지마!
할수있어!

01

웹소설만의
특징을 기억하라

웹소설 글쓰기는
많이 다르네~

일반 소설과 웹소설의 차이점

웹소설을 쓰기 시작했다면, 웹소설만의 특징을 점검하는 시간을 갖자. 지금까지 우리는 웹소설 용어와 키워드, 장르를 배우고, 로그라인부터 캐릭터, 줄거리 만드는 방법, 시점과 묘사 등등 웹소설에 필요한 건 거의 다 배웠다. 여기까지 온 당신은 아마 일반적인 글쓰기와 웹소설 글쓰기가 상당히 다르다는 걸 알아차렸을 것이다.

웹소설은 보통의 시나리오나 드라마 대본, 일반 소설과 상당히 다른 특징이 있다. 아래는 순문학과 웹소설의 특징을 정리한 표이다. 두 소설을 비교하여 차이점을 알아보자.

	특징
순문학	• 한 장면에 스토리 진행이 많지 않다. • 주변 환경 묘사 등 비유 문장이 많다. • 길고 아름다운 문장 • 스토리가 잔잔하고, 우회적이다.

웹소설	• 한 장면을 오래 끌면 안 된다. • 비유가 많으면 지루해진다. • 짧고 미사여구 없는 간결한 문장 • 스토리가 자극적이고 직관적이다.

나 역시 순문학에 대한 막연한 동경이 있어서 가끔 아름다운 문장을 쓰고 싶을 때가 있다. 하지만 **웹소설 작가는 유명 작가를 제외하곤 자신이 쓰고 싶은 글보단 독자가 원하는 글을 쓴다. 그게 바로 웹소설 작가의 숙명이다.** 작가들은 서로에게 우스갯소리로 "쓰고 싶은 게 있으면 뜨고 나서 써!"라고 말한다. 그런 점에서 웹소설은 서비스직과 같다. 작가에게 독자는 없어서는 안 될 손님이고, 작가는 독자의 기대치를 충족시키는 노동자이다. 글을 쓰기로 한 건 작가의 선택일지 몰라도 '무엇을 어떻게 쓸지'는 오롯이 작가의 선택이 될 수 없다. 슬프지만 그게 웹소설의 현실이다.

다시 돌아가서 웹소설과 순문학의 특징을 비교하면 그 차이가 쉽게 보인다. 웹소설 독자는 작가가 얼마나 아름다운 문장을 쓸 수 있는지는 전혀 관심 없다. **웹소설 독자가 원하는 글이란, 빠르고 간결하고 직관적이고 언제 어디서 읽어도 한눈에 들어오는 재미있는 글이다.** 이 기준을 중심으로 "나는 어떤 장면을 보고 싶은가?"라는 질문을 계속해서 던지고, 답이 나오는 방향대로 글을 쓰자. 이때 주의할 점은 내 취향이 대다수의 독자들과 안 맞을 수도 있으니 내가 메

이저 취향인지 마이너 취향인지 확실하게 구분해서 반영해야 한다! 중요한 건 내가 쓰고 싶은 글보다 독자들이 '읽고 싶은 글'을 써야 한다는 것이다.

웹소설은 다른 소설에 비해 평가가 실시간으로 올라오고, 구체적이며 거침없다. 그렇기 때문에 독자 의견을 받아들이는 게 중요한데, 여기서 자존심을 세우며 고집부리는 작가들이 독자에게 외면받는 경우를 여럿 봤다. 동료 작가나 독자가 입을 모아 말하는 단점은 새겨듣자. 독자의 말 한 마디, 한 마디에 휘둘리란 뜻은 아니다. 악플을 받아들이는 자세는 뒤에서 더 자세히 다루었다.

 김작가의 Point!

❶ 웹소설에서 스토리는 자극적이고 빠르게! 문장은 잘 읽히고 간결하게!
❷ 내가 쓰고 싶은 글보다 독자가 '읽고 싶은 글'을 쓰는 게 웹소설 작가의 숙명이다.

02
치밀하게 계산하며 써라

똑똑~
독자 들어갑니다~

독자 유입률을 위하여

웹소설 작가가 되기 위해 모든 걸 계산해라! 이미 많은 작가들이 플랫폼에 올리는 시간, 분량, 내용 등을 치밀한 계산하에 쓴다. 이게 무슨 말이냐고?

무료 연재 사이트는 각 플랫폼마다 '투데이 베스트(today best)'를 메인에 올린다. 메인에 올라가면 그만큼 독자 유입률이 높아지고, 유입률이 올라가면 그건 곧 인기로 직결된다. 독자를 늘릴 수 있는 절호의 기회를 작가가 놓칠 리 없다. J플랫폼을 예로 들면, 자정 12시에 1페이지가 넘어갈 정도로 많은 소설이 올라온다. 이유가 뭘까? 하루가 시작되는 12시부터 조회수와 선작수(선호 작품수)가 카운팅되어 '투데이 베스트'에 오르기 때문이다. 또 소설이 우르르 올라오는 시간이 언제일까? 바로 출퇴근 시간과 점심시간이다. 원리를 생각하면 간단하다. 모든 작가는 "언제 올려야 내 소설이 가장 조회수가 많이 올라갈까?"를 고민하고, 그 결과 사람들이 웹소설을 많이 찾는 시간대에 업로드하는 것이다.

가끔 작가들은 '연참'을 하는데 이는 독자의 유입률을 높이기 위한 또 하나의 방법이다. 연참이란, 하루에 연달아 소설을 2편 이상 올리는 걸 말한다. 보통 1회당 5,000자 분량을 올리므로 2편이면 1만 자 이상이라 작가들이 부담을 느껴 되도록 하지 않는 방법이지만, 하루라도 연재를 거르면 연독률이 훅 떨어지는 것처럼 연참할 경우 독자의 유입이 늘어나기 때문에 비축분이(미리 써 둔 소설 원고) 넉넉하다면 가끔 하는 것도 추천한다.

올리는 시간, 분량까지 계산했다면 마지막으로 '내용'을 계산하자. 절단신공을 발휘해 마지막을 감칠맛 나게 끊어야 하는 건 물론이거니와 오늘 내용이 다소 긴장감이 없다면 연참으로 풀어진 긴장감을 다시 높일 수 있다.(앞 편보다 재밌는 내용, 궁금한 마지막 장면으로) 내용의 마지막을 끊을 땐 딱 한 가지 질문을 던져 보자. 내일 아침 내 소설이 다시 떠오를까? 연재할 때 가장 중요한 건 바로 독자들이 '다시 찾는 것'이다. 모든 작가들이 그렇지만 독자가 없으면 작가도 없다.

드라마 작가도 시놉시스가 통과되지 않으면 전 회차 대본을 쓰지 않는다. 판타지처럼 회차가 긴 소설 또한 인기가 없으면 작품을 중간에 내리는 경우도 허다하다. 어떤 작가이든 '전략'은 반드시 필요하다. 웹소설을 도전하는 사람은 날이 갈수록 늘고, 작품 또한 세상에 넘쳐 나는데 아무런 계산 없이 글을 써서 올린다는 건 '밑 빠진 독에

물 붓는 것'과 다름없다. 웹소설 작가는 끊임없이 분석하고 계산하고, 어떻게 하면 독자들에게 하루라도 더 좋은 자리에 노출될 수 있을지 고민해야 한다.

 김작가의 **Point!**

❶ 연재처에 올릴 땐 '최대한 노출할 수 있는 방법'을 고려한다.(업로드 시간, 내용 등)
❷ 오늘 내용이 긴장감 없이 끊어진다면, 연참으로 풀어진 긴장감을 높여 준다.

세상엔 쉬운게 없다냥

03

악플을 무시하지 마라

악플의 긍정적 연상 작용

무료 연재를 할 당시 나는 악플을 많이 받았다. 그땐 웹소설에서 반드시 피해야 할 '지뢰 조항'이라는 게 있는 줄 몰랐고, 모든 지뢰를 다 밟았기에 악플을 고스란히 견뎌야 했다. 처음 독자의 성향을 모르고 연재했을 땐 독자의 반응을 이해할 수 없었다.

독자들이 싫어하는 건 새드엔딩이나 열린 결말뿐만이 아니다. 로맨스의 경우 남주가 여주 외에 다른 사람과 사랑했던 모습을 (회상으로도) 보여 주면 안 되고, 여주가 일편단심이 아니거나 조연이 주인공보다 더 매력적이면 안 되는 등등 일명 '지뢰 조항'이라고 불리는 사항이 있다. 필자도 처음부터 이런 조항들을 다 알았던 게 아니었고, 현재까지도 알아 가고 있다. 그렇다면 '지뢰 조항'은 어디서 공부할 수 있을까? 이 '지뢰 조항'을 가장 빨리 알 수 있는 곳이 바로 댓글이다. 누가 따로 정리해서 말해 주지 않으면 알 수 없는 지뢰 조항은 독자의 댓글을 꼼꼼하게 읽다 보면 점차 감이 온다.

악플도 나름 종류가 있다. 이중엔 작품을 제대로 읽지도 않고 그저 다른 사람을 깎아내리기 위한 목적으로 악플을 쓰는 사람도 있는데, 이들을 제외하고 악플은 오히려 내 작품에 도움이 된다. 내 작품을 제대로 읽은 사람인지 아닌지는 댓글만 봐도 충분히 알 수 있다. 만일 작품을 '읽은 사람'이라면 아무리 쓴소리라고 할지라도 새겨듣자. 비판과 비난을 구분하는 건 작가의 몫이다.

한 번은 그런 경험이 있었다. 프롤로그를 올렸는데, '드라마 예고편 같으나 무슨 얘긴지 모르겠어서 굉장히 불친절한 글이다.'라는 댓글이 달렸다. 당시 나는 반항심이 먼저 들어, "프롤로그니까 당연히 불친절하지!"라며 콧방귀를 뀌었다. 그런데 이야기가 진행될수록 그런 댓글들이 하나둘 늘었다. '재미는 있는데, 너무 상황이 급변해요.', '스토리에 강약이 있다면 강강강, 강하기만 한 소설', '좀 더 감정 묘사가 있었으면 좋겠다.' 등등. 그때 나는 처음 받았던 댓글이 떠올랐다. 나의 글이 불친절하다고 했던 건 '독자에게 설명을 더 해줬으면 좋겠다.'는 얘기였다.

그 뒤로도 악플은 다양한 형태로 달렸고, 그때부턴 악플 안에 담긴 속뜻을 헤아리려고 노력했다. '스토리 전개가 느려요.'라고 댓글이 달리면 '어떤 부분이 지루했지?' 고민하고, '개연성이 없어요.'라고 댓글이 달리면 '갑작스러운 설정이 있었나?' 하며 고민하는 것이다.

작가에게 어느 정도 고집은 필요하지만, 고집대로만 글을 쓴다면 결코 독자에게 사랑받을 수 없다. "나는 사랑받지 않아도 되는데요?"라고 말하고 싶다면 웹소설을 써선 안 된다. 웹소설은 작가와 독자의 소통이 무엇보다 중요하다. 일리 있는 비판은 받아들이고 나를 점차 '웹소설 시장'에 어울리는 작가로 만들자. 첫 작부터 대박 나는 사람이 거의 없는 것도 이 때문이다. 충분한 분석과 시행착오를 거쳐야 트렌드에 맞는 '대작'을 쓸 가능성이 높아진다. 악플이라고 마냥 나쁘게만 볼 것이 아니니, 실망하기보단 댓글을 토대로 내 소설을 좀 더 좋은 쪽으로 발전시키자!

 김작가의 Point!

❶ 악플을 냉정하게 해석한다면 내 작품을 발전시키는 방향으로 작용할 수 있다.
❷ 지뢰 조항은 피하고 내 글을 더 트렌드에 맞게 발전시킨다.

04

무조건 계약하지 마라

계약이란 단어는 신인에게 무척이나 설렐 수 있다. 하지만 신인 작가일수록 계약을 목표로 글을 써선 안 된다. 계약에 눈이 머는 순간 조급함에 판단력이 흐려지기 때문이다. '어떤 출판사를 만나냐'는 내 소설의 판매 부수로도 연결된다. 유통사가 많은 출판사, 프로모션을 많이 해 주는 출판사, 표지가 퀄리티 있고, 소설의 방향을 제시하며 피드백을 주는 출판사 등등 여러 스타일과 성향이 '나와 맞는 출판사'를 만나야 한다. 물론 처음부터 나와 맞는 출판사를 만나기는 어렵다. 이 또한 시행착오를 거쳐야 하지만, 이번 단원에선 그 시행착오를 최소화할 수 있는 간단한 방법을 다뤄 보겠다.

무료 연재를 하면서 독자의 반응을 살피는 게 아니라 <u>계약을 목적으로 한다면 조급함에 아쉬운 계약을 할 가능성이 높아지고, 일명 '믿거(믿고 거르는) 출판사'를 피해 가기 어렵다.</u> 믿거 출판사란 작가들이 절대 계약하지 않는 출판사를 말한다. 예를 들어 정산 비율이 좋지 않거나, 정산을 제때 해 주지 않거나, 교정교열을 엉망으로 하거나, 표지 퀄리티가 형편없거나, 작가를 대우하지 않는 등의 경우이다.

그렇다면 '믿거 출판사'는 어떻게 거를 수 있을까? 우선 컨택이 들어오면 플랫폼에 출판사 및 레이블 명을 검색해 보자. 이 달에 몇 개의 작품을 출판했는지, 표지는 잘 되었는지(일러스트 표지와 디자인 표지는 별개로) 정도를 미리 확인할 수 있다. 그런 다음 주변 작가들에게 자문을 구하자. 생각보다 웹소설은 작가들끼리 소통이 잘 되며 친절한 작가들 또한 많으니 겁먹을 필요는 없다.

만일 계약서 작성을 앞두고 있다면, 다음과 같은 사항들을 출판사에 미리 확인한다. (단행본 계약 기준)

1. 마감과 출간 일정은 언제로 할지?
2. 디자인 표지인지, 일러스트 표지인지?
3. 1차, 2차 유통은 어디서 할지, 원하는 곳이 있으면 거긴 가능할지?
4. 교정은 어디까지 보는지? (윤문인지 오탈자 점검인지)
5. 교정은 몇 교까지 작가가 확인하는지?
6. 스토리 리뷰(스토리 수정)는 어디까지, 어느 부분을 하는지?

계약 전 너무 까다롭게 구는 건 아닌지 신경 쓰일 수도 있지만, 이 정도 확인하는 건 당연하므로 미리 출판사와 상의하자. 출판사에선 워낙 작가가 많기 때문에 이런 부분을 상세히 설명해 주지 않는다. 오히려 미리 확인하는 게 출판사와 트러블을 방지할 수 있다. 내 책을 내 주는데 무슨 트러블 생길 게 많겠냐고? 아래 이유를 한번 보자.

출간 일정을 잡아 두지 않으면 작가가 5월에 마감했어도 다른 작품에 밀려 10월에 출간될 수 있고, 표지 이야기를 미리 하지 않으면 일러스트인 줄 알고 있다가 디자인 표지로 받는 일도 허다하다. 물론 1차, 2차 유통의 경우엔 출판사의 능력만으로 되는 건 아니기에 확답을 주지 못할 수 있다. 이는 출판사의 문제가 아니라 작가의 역량이 합해져야 하는 부분이다. 이벤트를 받거나 1차, 2차 유통할 수 있는 플랫폼은 내 작품이 '통과'를 해야지만 가능하다. 신인 작가의 경우 내가 가고 싶은 플랫폼을 못 갈 수도 있는데 이때 너무 속상해하지 말자. 프로모션 확인은 말 그대로 트러블 방지를 위한 확인일 뿐이다. 교정은 단순히 오탈자와 비문을 점검해 주는데, 2교까지 한다고 할지라도 2교를 작가에게 보여 주지 않고 넘기는 경우도 많다. 이 경우 작가는 1교만 보는데, 첫 교정 때 대충 보지 말고 처음부터 끝까지 원고를 살펴보길 권한다. 개인적으로 필자는 번거롭더라도 되도록 2교까지 확인하는 걸 추천한다. 꼼꼼하게 봐도 오탈자나 비문이 나오는 게 원고다. 요즘엔 출판사에서 스토리를 꼼꼼하게 피드백 하는 곳이 늘고 있다. 피드백은 보통 사건의 흐름, 초반부 임팩트 등 소설에서 강조할 부분이나 줄여야 할 부분을 위주로 하는데 피드백 스타일은 출판사마다 다르므로 이 부분도 출판사와 맞춰 간다.

계약 전 출판사에 대해 알아야 할 사항을 확인했다면 이번엔 계약서 보는 방법이다. 계약서는 처음부터 끝까지 꼼꼼하게 읽어야 하는 건 너무나도 당연하다. 이중 우리가 주의해야 할 e-book 계약 내용들 몇 가지만 짚어 보겠다.

❶ 인세 비율

전자책은 유통사 비율을 떼고 나머지 금액으로 나눈다. 유통사가 가져가는 비율은 30~50%까지 있다. 작가와 출판사는 6:4, 7:3, 8:2 이렇게 나눌 수 있다. 8:2 비율은 흔치 않고, 6:4나 7:3이 보통이다. 7:3이면 대우를 잘 받는 편에 속하고, 6:4는 조금 아쉽지만 평범한 계약이다.

❷ 독점 기간

전자책 계약은 보통 독점으로 한다. 기간은 3~5년이고, 평균 계약 기간은 3년이다. 이를 해지하고 싶을 땐 해지 계약서를 따로 작성하게끔 한다.

❸ 2차 저작권

〈구르미 그린 달빛〉 〈김 비서가 왜 그럴까〉 〈성균관 스캔들〉 이 세 드라마 모두 웹소설이 원작이다. 물론 내 소설이 로또 같은 행운에

당첨될 가능성이 없을 확률이 더 크지만, 그렇다고 2차 저작권을
안일하게 생각해서도 안 된다. 보통 계약서엔 2차 저작권에 대한
내용이 반드시 들어가는데, 2차 저작권을 [별도의 특약을 통하여 위탁
내용 및 부차적 수익의 배분에 대하여 정한다.]거나, [2차적 저작물에
관해 발생하는 저작권 사용료는 갑과 을의 합의하에 배분율을
정한다.]는 특약 내용이 있으면 괜찮다.

❹ 협의와 합의

계약 시 기본적인 사항인데 신인 작가 중엔 두 단어의 차이를 모르는
사람들이 있다. 계약서에 '협의'라고 써져 있는 건 의미 없는 말이다.
'합의'를 해야 서로 동의하에 일이 진행되는 것이고, '협의'는 그냥
의견만 나누고 멋대로 결정해도 법적으로 이의 제기할 수 없으니 이
단어를 주의 깊게 살펴봐야 한다.

❺ 선인세와 계약금

필자도 처음 계약할 땐 선인세와 계약금이 같은 말인 줄 알았다. 하지만
이는 엄연히 다른 의미다. 선인세는 말 그대로 '인세를 앞당겨 받는'
것으로, 책이 출간되고 판매 수익이 나왔을 때 '선인세를 뺀 금액'이
입금된다. 계약금은 '계약 자체로 입금되는 금액'이기 때문에 인세와는
무관하다. 웹소설은 계약금을 많이 주는 경우가 거의 없고, 없는 곳이
더 많다. 반면 선인세는 많은 금액을 제시하기도 하는데 많이 받을수록
좋다. '어차피 받을 돈을 미리 받는 게 뭐가 좋은가?' 의문이 들 수도
있다. 선인세를 많이 받으면 출판사에선 작가에게 미리 준 선인세
이상의 수익을 내야 하기 때문에 그만큼 '더 팔기 위해' 신경을 쓴다.

만일 이중 하나라도 걸리는 게 있다면? 둘 중 하나다. 작가가 양보하고 넘어가거나, 출판사에 수정 요청을 하거나. 만일 합의가 안 된다면 해당 출판사 말고 다른 출판사와 계약하면 된다.

처음엔 이런 과정이 다소 번거롭게 느껴질 수 있으나, 적응이 되면 특별히 복잡하게 느껴지지 않는다. 처음 만난 출판사와 내가 맞지 않는다고 할지라도 너무 좌절하지 말자. 웹소설 출판사는 정말 많고, 나와 맞는 출판사는 반드시 있다! 물론 계약은 기쁜 일이지만, 너무 계약에 목매서는 안 된다. 내 책을 내준다고 성급하게 '아무 데나' 계약하는 불상사가 일어나지 않도록 출판사를 꼼꼼히 따져 보자!

 김작가의 Point!

❶ 컨택이 오면 무조건 계약하지 말고 출판사와 레이블 명을 검색해 본다.
❷ 계약서 작성을 앞두고 일정, 표지, 작가 교정, 스토리 리뷰 등 주요 사항을 체크한다.
❸ 계약서 쓰기 전 인세, 독점 기간, 2차 저작권 등 주요 사항을 확인한다.

05

완결하지 않을 거면
시작도 하지 마라

쉬운 입문, 어려운 완결

웹소설은 입문이 무척 쉬운 글이다. 특별히 문체가 필요한 것 같지도 않고, 스토리가 자극적이고 뻔한 클리셰로 가득한 소설이 넘쳐나니 나도 쓸 수 있을 것 같은 느낌이 든다. 나 역시 처음 시작할 땐 그랬다. 하지만 어떤 분야든 마찬가지로 시작은 쉽고, 끝은 어렵다. 쓰는 건 누구나 할 수 있지만, 완결은 누구나 낼 수 없다. 입문이 쉬운 만큼 가벼운 마음으로 들어오는 사람들이 많아서 대부분 시간 낭비하고 글을 접는데, 단 한 권의 소설도 완결할 자신이 없다면 애초에 시작하지 않는 편이 낫다. 세게 말하는 것 같지만 그만큼 현실이 녹록치 않다.

한 개의 플랫폼에 하루에 올라오는 소설 편수가 얼마나 될까? 수백 편, 많게는 천 편이 넘는다. 플랫폼 또한 계속 늘어, 모든 플랫폼 소설을 다 합치면 수천 편이 하루에 올라온다. 짧게는 10분, 한 시간이면 소설을 올렸을 때 1페이지 뒤로 넘어간다. 그 안에서 살아남기란 결코 쉬운 일이 아니다. 제목도 눈에 띄어야 하고, 내용도 한 번 보자마

자 독자를 사로잡아야 한다. 독자를 한 번 사로잡았다고 해서 안심할 수도 없다. 언제든 독자가 '다시 찾지 않을까' 염려하며 절단신공을 비롯한 온갖 방법으로 회차마다 독자들을 사로잡아야 한다.

글은 훈련이다. 만만하게 시작하더라도 처음부터 다 해 낼 욕심을 부려서도 안 된다. 한 마디로 차근차근 하나씩 해 나가란 말을 하고 싶다. 이 책을 읽고 나면 모든 사항을 한순간에 적용시키려는 사람이 있을 것이다. 처음부터 모든 걸 다 적용하려면 금세 지친다. 이 책에 나온 모든 걸 습득하고 글을 쓰려면 아마 한 달 동안 소설 10편도 완성하기 어려울 것이다. 기성 작가들은 이미 많은 시행착오를 거쳐 완성된 사람들이다. 그들에게 이 업계의 규칙들은 이미 몸에 배어 있다. 반복해서 만들어진 기성 작가들의 훈련 결과를 책 한 권으로 따라잡을 생각을 한다면 큰 오산이다. 웹소설은 꾸준히 노력하면 언젠가 결과가 나오는 분야이다. 꾸준함의 필요 기간은 최소 2~3년이다. 웹소설을 쓰기로 마음먹었다면 꾸준히 한 개 이상의 원고를 완성하겠단 마음으로 도전하자! 입문이 쉬울 뿐 이곳 역시 호락호락한 세계가 아니다.

 김작가의 Point!

❶ 단 한 권의 소설도 완결할 자신이 없다면 애초에 시작하지 않는 편이 낫다.
❷ 글쓰기는 훈련이다. 욕심을 내려놓고 차근차근 꾸준히 쓰는 훈련부터 하자!

06

소문을 믿지 마라

소문에 휘둘리지 않는 법

웹소설은 모든 게 '웹'에서 이루어지다 보니 입소문도 무척 빠르다. 글자로 전달되는 속도가 5G시대만큼이나 발전했고, 실시간으로 읽었는지 안 읽었는지 숫자 1이 사라지는 메신저까지 동원되어 입소문이 퍼지는 속도가 빛의 속도에 가깝다. 하지만 그만큼 유언비어도 많기 때문에 모든 소문을 믿어선 안 된다. 특히 신인 작가는 시장에 대한 이해가 완성되지 않은 상태라, 허무맹랑한 소문에 휘둘리기 쉽다. 나는 신인 작가들에게 쓸데없는 정보를 듣기 보단 "일단 써라!"라고 말하고 싶다.

'아무개 출판사가 얼만큼 대우를 해줬더라.', '아무개 플랫폼에서 매출이 잘 안 나온다더라.' 등등 다 쓸데없는 소문이다. 일단 작품을 쓰고, 내가 갈 수 있는 출판사인지 아닌지부터 판단해야 한다. 유통되는 플랫폼 또한 내 마음대로 정할 수 있는 게 아니다. 현재 떠도는 소문은 시기적으로 나에게 해당이 안 될 가능성이 높고(그만큼 웹소설 시장은 시시각각 변한다), 해당이 되려면 우선 소설부터 완결해야 한다. 아마 소설을 완결할 때쯤엔 어느 정도 소문을 구분할 수 있는 안목이 생길 테니 쓸데없는 소문에는 신경 *끄자!*

신인 작가가 소문에 귀를 기울여야 하는 건 몇 가지뿐이다. '요즘 키워드의 트렌드는 연하남이더라.', '몇 시에 소설을 올리는 게 가장 유리하다더라.', '베스트 소설에 이 작품이 핫하더라.' 하는 주로 분석에 가까운 내용들이다. 나에게 공부가 되는 소문을 가까이하고, 당장 해당되지 않는 소문들은 멀리해라. 소문에 휩쓸려서 글 쓸 시간을 빼앗기는 것보단 차라리 소문을 단절하는 편이 낫다.

 김작가의 Point!

❶ 쓸데없는 소문들은 신경 끄고 우선 소설을 완결한다.
❷ 글 쓰는데 도움 되는 '키워드, 노출 방법, 유행하는 소재' 등에만 귀를 기울인다.

07

작가라는 직업에
환상 갖지 마라

창작의
고통이란...

끄어어...

전업 작가의 '진짜' 삶

어떤 것이든 첫 술에 배부르긴 어렵다. 그게 글이라면 더욱 그렇다. 요즘 웹소설이 소위 "돈이 된다."라고 말하는 사람들이 늘어서 마치 웹소설을 쓰기만 하면 월에 몇 백씩은 거머쥘 것 같지만, 실상은 전혀 그렇지 않다. 물론 완결만 낸다면 수익을 낼 가능성이 많다. 하지만 소설 한 권을 내는데 얼마나 걸리겠는가? 소설을 구상하고 집필하고, 출간해서 수익이 나는 데까지 최소 6개월은 걸린다. 6개월 후에 첫 수익금을 받을 때, 월급 6개월치를 받을 수 있을까? 얼마나 팔렸는지에 따라 수익은 천차만별이겠지만, 신인 작가가 6개월 만에 집필 기간을 다 보상할 만큼 버는 걸 보지 못했다. 주변에 많은 남성향 작가, 여성향 작가 모두 최소 1~2년은 고생하며(이 조차도 최단 기간일 경우이다.) 겨우 일반 회사원 정도의 월급을 받는다.

작가 지망생 중 결심하는 즉시 회사를 퇴직하고 글만 쓰겠다고 하는 사람들이 있다. 그들의 용기는 대단하다고 여기지만, 현실적으로는 극구 말리고 싶다. 당장 내가 쓸 소설이 어떻게 될지 모르는 상황에서 전업 작가의 길로 들어선다는 건 너무 무모하다. 적어도 앞서 말한 방법대로 비축분을 충분히 써 놓은 뒤 연재를 하고, 독자의 반응을 살피며 차근차근 이 세계에 적응해도 늦지 않다. 출간하면 어느 정도의 수익이 나는지 계산해서 월급보다 '글 쓰는 시급'이 더 늘 때 회사를 그만두고 전업 작가를 하는 편이 훨씬 현명하다. 만일 '최소 1~2년, 많게는 3~4년까지 수입 없이 살아보겠다.' 하는 분은 도전해도 좋다. 하지만 그런 게 아니라면 전업 작가는 뜰 때까지 미뤄 두자.

가끔 전업 작가에 대해 환상을 갖는 지망생이 있는데, 이는 말 그대로 '환상'이다. 큰돈을 벌고, 여행을 다니며 바다 위에서 파도 소리에 심취하고, 산 속에서 새소리로 힐링하며 여유롭게 작업하는 작가는 거의 없다. 여행을 가도 연재 분량을 위해 노트북은 껌딱지처럼 챙겨야 하는 건 물론, 마감 때문에 공항에서 이륙 직전까지 글을 쓰기도 한다. 늘 '쫓기며 쓰는 것', 그게 바로 전업 작가의 삶이다.

조금 안정적인 수익을 낸다고 할지라도 결코 게을러선 안 된다. 꾸준한 수익을 내려면 로맨스의 경우 3개월에 한 번씩 신작을 내야 한다. 판타지나 로판은 호흡이 길기 때문에 한 작품을 완결하는데 1년 이상이 걸리고, '매일 연재'를 실천해야 한다. 웹소설은 쉬는 즉시 독자에게 잊히기 때문이다. 채찍질하는 사람도 없으니 스스로를 제어해야 한다. 그렇다 보니 매순간 일에 얽매여 있는 거나 다름없다. 필자는 글로 돈을 벌기 시작하면서부터 신경성 위염이 떨어진 적이 없다. 출근도 없지만 퇴근도 없는 게 작가의 삶이다. 아직도 작가라는 직업에 환상이 있다면 하루 빨리 버리자.

그만큼 스트레스가 큰데 이 일을 왜 하냐고? 그럼에도 불구하고 이 모든 걸 잊게할 만큼의 '보람', 그것 하나 때문이다.

 김작가의 Point!

❶ 전업 작가로 회사원 정도 월급을 벌려면 최소 몇 년의 시간이 필요하다.

❷ 작가의 삶은 전혀 여유롭지 않다. 늘 쫓기며 쓰는 것. 그게 전업 작가의 삶이다.

❸ 웹소설 작가는 결코 게을러선 안 된다.

웹소설 꾸준히 쓰는 법

운동하기로 마음먹었다가 이런저런 핑계로 '중도 포기'한 경험은 누구나 있을 것이다. 어떤 것이든 꾸준하게 무언가를 한다는 건 어려운 일이다. 꾸준히 하기 위해 우리는 자신에 대해서 좀 더 파악하고, 훈련해야 한다. 그렇다면 어떻게 꾸준히 쓸 수 있을까? 간단한 방법 네 가지를 소개한다.

❶ 속도 파악하기

사람마다 글 쓰는 속도가 다르다. 꾸준히 쓰려면 지치지 않는 마음이 필요하다. 질려서도 안 되고, 막힌다고 아예 놓아서도 안 된다. 웹소설을 꾸준히 쓰고 싶다면 우선 내 속도를 파악하자. 누군가는 하루에 3~4만 자를 쓰는데, 나는 1만 자를 쓴다고 해서 침울할 필요는 없다. 한 시간 동안 나는 얼마나 집중해서 몇 자를 쓸 수 있는가? 또한 하루에 글을 쓰기 위해 낼 수 있는 시간이 얼마나 되는가? 시간 대비 쓰는 분량을 확인하고, 하루에 쓸 수 있는 분량으로 계획을 세우자. 이때 계획은 반드시 지킬 수 있는 범위에서 잡고, 글의 흥미를 떨어트리지 않는 것도 중요하다.

❷ 하루에 5,000자씩 쓰는 훈련하기

글이 너무 안 써지는 날, 다른 문화 활동으로 머리를 환기시키는 것도 좋지만 되도록 하루에 5,000자씩은 의무적으로 쓰자. 글쓰기는 훈련이다. 쓰면 쓸수록 속도가 빨라지는데, 하루라도 글을 안 쓰면 그 속도가 떨어진다. 앞서

167

말했듯 권고하는 한 회차 분량은 5,000~5,500자이다. 연재를 한다면 하루에 한 편을 올려야 하는데, 이때 비축분이 있어야 하는 건 물론이고, 하루에 적어도 5,000자 이상은 써야 그 속도를 간신히 맞출 수 있다. 아무리 글이 안 써지는 날이어도 자리에 앉아 5,000자 이상 쓰는 버릇을 들이자. 속도가 빨라지면 한 시간 내 쓸 수 있는 글자가 많아지고, 그만큼 성장 속도도 빨라질 것이다!

③ 하나씩 해결하기

조급한 마음에 될 것도 안 되는 날이 있다. 그럴 땐 마음을 차분히 가라앉히려 노력하자. 이때 가장 많이 하는 말이 이것이다. "하나씩 해결하자."

글도 마찬가지다. 시놉시스를 작성하다가 멈춰버렸다면 키워드부터 다시 차근차근 점검해 보자. 스토리가 막혔다면 부담감을 내려놓고 캐릭터, 전체 스토리, 에피소드 등 하나씩 해결한다.

④ 욕심 버리기

기성 작가들도 글럼프는 꽤 자주 찾아온다. 잘 써지지 않는 날, 이유를 생각해 보면 대부분 '내 마음을 충족할 만큼 글이 따라와 주지 않아서.', 즉 욕심 때문이다. 신인 작가일수록 책의 내용을 모두 적용시키며 글을 쓰기보단 하나씩 쓰면서 맞춰 가야 한다. 내 기대치가 아무리 대박 작가에 머물러 있다고 한들 나는 그들에 비하면 이제 막 시작한 초보 작가일 뿐이다. 그 점을 기억해야 쉽게 좌절하지 않는다. '그래도 첫 작에 대박 나는 작가도 있지 않느냐.'라고 묻는다면 물론 그렇다. 하지만 이를 회사로 비유하면 이제 막 회사에 들어온 신입 작가가 "나는 왜 노력했는데 사장이 안 되지?"라고 말하는 것과 같다. 어느 날 글 쓰는 게 버겁게 느껴지더라도 결코 나 자신에게 욕심 내지 말 것!

5 끝까지 쓰기

신인 작가 중 이런 사람이 있다. "5화까지 올렸는데 반응이 안 와요.", "10화 올렸는데 컨택 안 오면 망한 거죠?" 절대 아니다! 기성 작가들 또한 20화는 넘겨야 그때부터 성적을 판단할 수 있다고 말하는데, 이렇게 적은 회차로 자신의 성적을 판단하려고 하는 건 섣부른 오만이다. 또한 첫 작에 대박 나는 작가도 두 번째, 세 번째는 망하고 네 번째에 다시 대박이 나기도 한다. 유명한 판타지 소설,《해리포터》를 쓴 조앤K.롤링 작가조차 "앞으로 해리포터 같은 작품은 나오지 않을 것이다."라고 말했는데, 어떻게 한 번에, 그것도 몇 회차 쓰지 않은 소설로 대박을 바라는가! 신인 작가는 우선 완결을 목표로 써야 글을 꾸준히 쓸 수 있다. 너무 성적에 연연하지 말고 우선 끝까지 쓰자!

마음을 다스려라..

작가는 끊임없이 배우고 실패하고, 발전한다. 나 또한 아직도 배우는 중이며 앞으로 더 발전할 것이다. 이 책을 읽는 독자들 중엔 나보다 더 뛰어난 웹소설 작가가 될 사람도 많을 거라고 믿어 의심치 않는다.

이 책은 쓸 능력은 되지만, 웹소설 세계를 잘 모르는 분들을 위해 쓰여졌다. 위낙 급격히 변하는 바닥이라, 이곳 환경에 적응하지 못하는 사람들이 많다. 특히 웹소설은 용어나 돌아가는 상황이 낯설어 섣불리 접근하기 어려운 게 사실이다. 나 또한 잠시 쉬다가 다시 웹소설을 시작하려고 했을 때 그랬다. 글은 쓸 줄 아는데 아무것도 몰라 막막했다. 나는 운 좋게 친절한 작가님의 도움으로 생각보다 빠르게 이 세계에 적응할 수 있었는데, 대가 없이 무자비한 친절을 베푼 작가님 덕에 어느 날 그런 생각이 들었다.

'나처럼 길을 잃고 헤매는 사람들에게 나침반이 되어 주고 싶다.'

때마침 출판사 대표님께 연락을 받았고, 흔쾌히 책을 쓰겠다고 했다. 그렇게 나의 두 번째 인문서,《매일 웹소설 쓰기》책이 탄생했다. 처음 이 책을 기획했던 그 소망처럼, 매 순간 경쟁이 치열한 이곳에서 섣불리 용기를 내지 못하는 사람들에게 작은 도움이 되길 바라는 마음으로 이 책을 마친다. 이 책을 읽는 모든 작가님들, 포기하지 말고 끈질기게 써서 성과를 이루길!

끝으로 환경에 빠르게 적응할 수 있도록 도움 주신 베베짐 작가님, 원고에 도움을 주신 마실물 작가님, 제게 선뜻 책 제안을 해 주신 조상현 대표님, 전작《매일 세 줄 글쓰기》와 마찬가지로 편집을 꼼꼼하게 도와주신 김주연 편집실장님, 책을 멋지게 디자인해 주신 디자인 IF, 마지막으로 항상 저의 든든한 버팀목이 되어 주시는 어머니 아버지께 진심으로 감사하고 사랑하는 마음을 전합니다.